„Die Zeit vergeht nicht schnell, wenn wir sie beobachten. Sie fühlt sich überwacht. Aber sie nützt unsere Zerstreutheit. Vielleicht gibt es sogar zwei Zeiten, eine, die wir beobachten, und eine, die uns verwandelt."(Albert Camus: Tagebücher 1935 – 1951, Rowohlt Januar 1972, S. 177)

„Werden. Was der Mensch denkt, das wird er."(Albert Camus: Tagebücher 1935 – 1951, Rowohlt Januar 1972, S. 95)

Über den Autor: Lothar Schenk wurde 1954 in Borken, im Münsterland, geboren. Er ist Sozialwissenschaftler und arbeitete leitend im sozialen Bereich und langjährig als Dozent in der politischen Erwachsenenbildung. Heute lebt der Autor in Südthüringen.

Lothar Schenk

Lothar
Fast wie ein Leben

– Autobiographie -

© 2021 Lothar Schenk
Herstellung und Verlag: BoD - Books on
Demand, Norderstedt
ISBN: 978-3-7534-4370-6

1

Er hatte nie eine Heimat, und das weiß er. Er kann sie nicht kennen, weil er sie nie kennen gelernt hat. Seine Erlebnisse versinken in ihm, wie Schatten die immerzu mehr werden, und er spürt, wie es immer dunkler in ihm wird, wie es Nacht wird.

Er kocht sich auf einem kleinen Elektrokocher einen Brühwürfel. Einen Brühwürfel mit trockenem Brot. Wo seid ihr alle, fragt er sich? Eisiges Schweigen. Nur ein heißer Brühwürfel mit Brot. Und er. Warum ist er dort? Nur Erinnerungen?

Er blickt ins Leere, und er erscheint ihm immer noch. Der Ort wirkt träge. Das Postauto verlässt eine Einfahrt. Dann kommt der Autobus. Keiner steigt aus. Keiner steigt ein. Und ein Auto bremst. Und der Bus fährt weiter. Sonst scheinbar nichts, weil nichts passiert. Nichts, wie immer.

Er möchte flüstern oder schreien, aber wie, und da ist niemand. Er sollte Schuhe kaufen, denkt er, oder irgend etwas anderes machen, denkt er, aber das ist unwichtig, nur ein Gedanke, denkt er, und ein weiterer erinnert ihn an den Kindergarten. Warum gerade an den, jetzt, aber keine Antwort. Wie lange ist er weg, mehr als vierzig? Ob noch einige leben? Es könnte immer so weiter gehen. Sonnenaufgang. Sonnenuntergang. Ein trauriger Gedanke. Und noch einer. Und manchmal dreht der Brummkreisel in seinem Kopf etwas langsamer. Dann folgen wieder diese Aufbruchtage.

Er möchte einen Haufen türmen, und seine Gedanken ziehen einen Halm hinter sich her, der fast noch sommerlich wirkt, während die blauweißen Blätter sprießen. Sag kein Wort über dieses Leuchten im Herbst.

Er ist alleine, und er spürt es überall. Hier. Und da. Hier. Und da. Überall gleich.

Das Wichtigste für mich ist, dass ich dich liebe, hat sie damals gesagt. Dich liebe, hat sie gesagt, und das war damals schon wie sterben.

Der Herr Anzug mit Krawatte. Der Herr Anzug mit Krawatte. All diese Menschen leben nicht mehr. Sie sind nur noch Erinnerungen. Nur noch Erinnerungen.

Wenn er das Fenster öffnet erstickt sein Blick, und die Einsamkeit schlägt ihm wie eine Glocke entgegen, und er spürt dieses Wort, und dieses Wort bleibt ungesprochen.

Er dreht sich endlos rückwärts. Er rennt und rennt, und dann kann er fliegen.

Es wird mittags hell und sofort wieder dunkel.

Er schwitzt wenn er aufsteht und dieser Tag ist immer der gleiche.

Vielleicht bleibt ein Wort hängen.

Es war ja alles ganz anders, sagen die Ärzte. Aber was sagen die denn schon. Er hört sie immer noch. Wie er Krieg spielt und wie sie Haushalt spielt. Heute ist wieder Waschtag. Die Schwarzweißphotos haben Zacken. Klein und unbedeutend. Ein Mann im Anzug. Eine Frau schiebt einen Kinderwagen. Sie stehen vor einem Auto. Eine Burg. Gib ihnen das kranke Lächeln zurück. Sie haben seine Seele gestohlen. Und dann sterben sie.

Die Nachbarn sind Leichen. Manchmal feiern sie. Dann ist Schützenfest oder Geburtstag, Weihnachten oder Silvester. Wie sie ihn ansehen. Sie haben böse Kinder.

Und die Schule. Er hat eine kleine Insel im Herzen. Dahin kann er manchmal flüchten. Dann nimmt er den Duft des wilden Thymians vom Wegrand mit. Und die Sechs in Mathe und das Deutschlandlied aus dem Musikunterricht. Ihm scheint, die waren schon immer da. Mit ihren Anzügen und ihren Schulbüchern.

Sie haben Fußbälle und Mietwohnungen für die Idioten. Damit sie sich gegenseitig abschlachten. Damit sie sterben.

Er spürt ihre Schritte, wie sie immer wieder neben ihm Halt macht, etwas betrachtet, eine Tafel Schokolade, oder die Tüte mit den dunklen Schokowaffeln aus dem Regal nimmt, und dann die Gummibärchen in den Einkaufswagen legt, bevor sie ihren Einkaufswagen langsam weiterschiebt, an ihm vorbeistreift, vorbei an den aufgestapelten Weinkartons, ein oder zwei davon sind immer offen, manchmal noch mehr, und er legt zwei Flaschen Rioja in seinen Einkaufswagen und schiebt ihn weiter.

Er beobachtet sie genau. Sie nimmt die Butter, und geht weiter, und den Käse, und geht weiter, und den Seranoschinken, und geht weiter, und und und, und geht weiter, und er nimmt auch und und und, und geht weiter, folgt ihr, bis sie mit ihren Einkaufswagen neben dem Fließband vor der Kasse stehen und ihre Waren auf das Band legen, sie vor ihm, er direkt hinter ihr, und ihre Waren sind nur durch den grauen Plastikklotz mit der Aufschrift „nächster Kunde" voneinander getrennt.

Wie sie vor ihm wartet, während das verschmutzte Plastikband neben ihnen Richtung Kasse läuft. Wie sie immer hektischer ihr in Plastik eingeschweißtes Zeug aus dem Einkaufswagen reißt und auf das Band wirft. Wie sie schon vorher ihre Geldbörse rauszerrt, denn dann geht es vielleicht noch schneller. Wie sie nach dem Eintippen alles schnell in den Wagen zurückwirft, hektisch bezahlt und dann ihren Wagen schnell von der Kasse wegschiebt, so als würde die Kasse jeden Moment explodieren. Wohin ist egal. Irgendwohin wo Platz ist. Leere Kartons gibt es keine mehr, also fährt sie gleich raus mit dem Wagen auf den Parkplatz. Einladen und dann schnell den Einkaufswagen zurückbringen. Wegen dem einen Euro Pfand. Und er macht das genauso.

Er steht mit der Einkaufstüte auf dem Parkplatz und sieht plötzlich in Gedanken das Holzauto, das er als Kind an einer langen Schnur hinter sich herzieht. Ein gelb lackierter Möbelwagen. Die ungeteerte

Straße vorm Haus geht ein wenig bergauf. Das Holzauto rattert auf der steinigen Straße. Er hat einen winzigen Garten vorm Zaun aufgehäuft. Er hat drei kleine Äste in den Sandhaufen gesteckt. Daraus sollen Bäume werden. Der Hausbesitzer kommt vorbei und schiebt mit seinem Fuß den Sandhaufen auf die Straße. Kinderträume muss er zerstören weil er selbst keine Träume mehr hat.

Er steht plötzlich vor seiner Autotür. Öffnen. Die Tragetasche nimmt auf dem Beifahrersitz platz. Er lässt den Motor an, setzt zurück bis er in Fahrtrichtung steht, fährt vom Parkplatz auf die Straße. Heimfahrt.

2

Lothar wurde 1954 in Borken im Münsterland geboren. Die Stadt zeigte noch viele Spuren der Zerstörungen durch den Zweiten Weltkrieg und überall waren Kopfsteinpflasterstraßen. Das Krankenhaus der Kreisstadt war damals kaum größer als ein größeres Wohnhaus und die Stadtmauer umringte die Stadt fast noch vollständig. Mehrmals die Woche ratterte vor ihrem Haus(„Büning", Textilfabrik und großes Wohnhaus) in der Bahnhofstraße, in dem sie im Dachgeschoß eine kleine Mietwohnung bewohnten, ein Möbelwagen der Firma „Borchers" oder „Borchert" vorbei der noch von zwei Pferden gezogen wurde, später hatte die Firma dann schon einen großen „Büssing" Lkw als Möbelwagen. Es war auch die Zeit der dreirädrigen Kleinlaster(„Tempo Hanseat") die überall zu sehen waren und der DKW′s der Isettas und der Lloyds, wer einen VW Käfer mit Brötchenfenster hatte galt als sehr wohlhabend und einen Opel Rekord oder einen Mercedes fuhren fast nur die Millionäre.

Er wurde nach dem chinesischen Horoskop im Jahr des Holzes und im Sternzeichen Pferd geboren, er war also ein Holz-Pferd.

In der chinesischen Theorie der Elemente wird jedem Tierkreiszeichen ein Element zugeordnet:

Gold (Metall), Holz, Wasser, Feuer oder Erde. Dies bedeutet, dass zum Beispiel ein Holz Hase alle 60 Jahre vorkommt.

Nach dieser Theorie wird der Charakter einer Person durch das chinesische Sternzeichen und das Element ihres Geburtsjahres bestimmt. Es gibt also fünf Arten von Pferde, jeder mit verschiedenen Charaktereigenschaften:

	Geburtsjahr	Charakterzüge
Holz Pferd	1954, 2014	Intelligent, schlagfertig und lebhaft, aber schlau und egoistisch
Feuer Pferd	1906, 1966	Weitherzig, klug und flexibel, mit ungewohnten Meinungen
Erde Pferd	1918, 1978	Ehrlich, direkt, ehrgeizig, fleißig, aber etwas zurückhaltend
Gold Pferd	1930, 1990	Gutherzig, konservativ, lebhaft und enthusiastisch
Wasser Pferd	1942, 2002	Sanftmütig, nett, anpassungsfähig, aber etwas schwach in Denkweise und Prinzipien

Nach dem europäischen Horoskop war er Sternzeichen Widder, weil er am achten April geboren wurde. Auch dem Widder werden ähnliche Eigenschaften nachgesagt wie dem chinesischen Holz-Pferd.

Seine Eltern waren beide Heimatvertriebene. Seine Mutter kam aus dem böhmischen Obergeorgenthal und sein Vater aus dem mährischen Deutschhause. Beide waren durch die Vertreibung entwurzelte Menschen. Seine Mutter hatte vor ihrer Ehe im Jahr 1953 im Haushalt bei der Fabrikantenfamilie Büning gearbeitet und gewohnt. Der Vater war nach der amerikanischen Kriegsgefangenschaft einige Jahre „Zivilarbeiter" im französischen Bergbau in der Region Lille, bevor er nach Borken(wohnte als „Kostgänger" bei einem Kleinbauern in Marbeck) kam um in der Textilindustrie zu arbeiten(er war Textiltechniker). Beide Eltern sehnten sich nach den Kriegswirren nach Geborgenheit und die versuchten sie sich in der kleinen Dachgeschosswohnung gegenseitig zu geben.

Lothar war ein Wunschkind versicherte sein Vater später immer wieder, doch der Umgang insbesondere seines Vaters mit ihm in den späteren Jahren sprach eine andere Sprache.

Seine Mutter hatte Verkäuferin gelernt, die Ausbildung aber kriegsbedingt nicht abgeschlossen und der Vater war ausgebildeter Textiltechniker, allerdings hatte er keine Dokumente, weil seine Eltern bei der Vertreibung seine Papiere in Deutschhause zurückgelassen hatten, während er in den USA in Kriegsgefangenschaft war. Er hatte also keinerlei Ausbildungsnachweis und musste über das Rote Kreuz mühsam nach ehemaligen ebenfalls vertriebenen Dozenten suchen die ihm seine Ausbildung eidesstattlich bestätigten, die Suche dauerte viele Jahre. Daher wurde der Vater in den Textilbetrieben in denen er Arbeit fand Anfangs nur als Weber später dann als Webmeister(Fa. Schulten, Oeding), nicht jedoch ausbildungsgemäß als viel höher bezahlter Textiltechniker, beschäftigt. Dieses Trauma blieb dem Vater bis zu seiner Frührente Anfang der achtziger Jahre. Er versuchte später noch jahrelang geradezu wahnhaft nachzuweisen dass er, weil er am Technikum in Sternberg seine Ausbildung in Studienform absolviert hatte, eigentlich nicht nur Textiltechniker sondern gleichzeitig auch Textilingenieur war, was ihm allerdings trotz verschiedener eidesstattlicher Erklärungen ehemaliger Professoren und Dozenten keinen nennenswerten beruflichen Erfolg brachte.

Die Mutter arbeitete später jahrzehntelang, nachdem sie von Borken nach Rhede gezogen waren, halbtags als Schuhverkäuferin in Bocholt im Schuhhaus Rekers, und mit dieser Tätigkeit war sie bis zu ihrer Rente hoch zufrieden.

Lothar war nicht nur Holz-Pferd sondern er hatte auch ein Holzpferd, ein Schaukelpferd, auf dem er, wenn seine Mutter wieder Waschtag spielte oder sich sonst irgendwie im Haushalt beschäftigte, solange heftig schaukelte, bis er im Flur fast die Treppe in das untere Stockwerk hinunterfiel. Der Vater hatte daraufhin vor der Treppe ein Gitter angebracht.

An seine frühe Kindheit hat Lothar kaum Erinnerungen. Da war die Mutter, die mit ihm fast den ganzen Tag spazieren ging. An Aktivitäten des Vaters mit ihm kann er sich fast überhaupt nicht erinnern außer an gemeinsame Badeausflüge der Familie zum „Römersee". Einige Ereignisse sind ihm jedoch in Erinnerung geblieben. Da ist der Junge im Kindergarten der ihm einen Eimer Sand hinten in den Pullover schüttet und dem Lothar daraufhin mit einer herumliegenden Kohlenschaufel ins Gesicht schlägt. Da ist die Fahrradtour während der er auf einem kleinen Sattel vorne auf dem Rad seines Vaters sitzt und plötzlich sein Fuß bei voller Fahrt in die Speichen des Rades gerät in unmittelbarer Nähe der holländischen Grenze. Der Fuß war erheblich verletzt und bis auf den Knochen abgeschürft. Von da ging ein Bus nach Borken der auch die Fahrräder mitnahm und so war er dann nach mindestens zwei Stunden mit seinen Eltern beim Arzt(Dr. Müller). Mit seiner Verletzung hatte er Monate Probleme und ging in dieser Zeit auch nicht mehr in den Kindergarten. Kaum war die Verletzung einigermaßen verheilt und als er wieder in den Kindergarten ging infizierte er sich dort mit Windpocken. Danach bekam er auch noch Masern und danach Mumps. Er lag also wochenlang schwerkrank mit sehr hohem Fieber zu Hause, zwischendurch brachten ihn seine Eltern für einige Tage ins Krankenhaus, sein Zustand muss wohl sehr kritisch gewesen sein. Er ging nach seiner Genesung nicht mehr in den Kindergarten und seine Eltern zogen mit ihm schon bald 1959 von Borken nach Rhede.

Auch in Rhede bewohnten sie wieder eine kleine Dachgeschosswohnung, eine Sozialwohnung des Bauvereins. Der Bauverein hatte in der Eichendorffstraße mehrere einfache Backsteinblocks gebaut um nach dem Krieg Unterkünfte für Vertriebene und sozial schwache Menschen zur Verfügung stellen zu können. Die Wohnungen waren sehr günstig und hatten alle einen Garten mit einem Schuppen. Beheizt wurden diese Wohnungen mit nur einem Ofen der in der Küche stand und auch zum Kochen benutzt wurde. Im Bad war noch ein Ofen mit Tank für warmes Wasser zum Baden. Badetag war meistens Freitagabend.

1959 war für Lothar ein schicksalhaftes Jahr. Eines Tages km eine Frau von Oy vom Kreisjugendamt oder Kreissozialamt aus Borken in die Wohnung und die Eltern besprachen mit ihr Lothars Klinikeinweisung in das „Kindersanatorium Weilmünster".

Lothar erhielt bis zum Tod seines Vaters 1999 weder von diesem noch von seiner inzwischen in einem Altenheim in Themar lebenden Mutter bisher eine Auskunft warum er damals mit fünf Jahren, 1959, für über sechs Wochen in das „Kindersanatorium Weilmünster" geschickt wurde und warum das Kreissozialamt hier federführend war. Vermuten kann man dass die unmittelbare zeitliche Aufeinanderfolge schwer verlaufender Kinderkrankheiten Lothars Lunge und Herz geschädigt hatten, aber da hätte es ein Krankenhaus in der Nähe doch auch getan, oder?

Lothar musste mit der Bahn mehr oder minder unbegleitet zum Sanatorium in Weilmünster reisen. Seine Mutter verabschiedete sich knapp am Bahnsteig in Rhede. In Weilmünster wurde er von Schwestern der Klinik in Empfang genommen und in das Sanatorium gebracht. Die Klinik war ein einziger Alptraum. Zu den Schwestern, Pfleger waren keine zu sehen, nur evangelische Geistliche die auch nachts über die Flure schlichen, mussten die Kinder „Tante" sagen. „Tante" hört sich so vertraulich und herzlich an, in Wirklichkeit waren diese Tanten höllische Figuren die die Kinder bei Bagatellen prügelten, den Mädchen an den Haaren zogen, Jungen hatten ja damals noch Kurzhaarschnitte, dafür schlugen sie den Jungen mit der Faust mitten ins Gesicht, und bei geringfügigen Vergehen erhielten die entsprechenden Kinder abends nichts zu essen und mussten gleichzeitig auf dem Flur stundenlang auf einem Stuhl oder stundenlang auf dem kalten Steinboden knien. Es gab immer zu wenig zu essen, und so musste Lothar höllisch aufpassen das ihm Sitznachbarkinder nicht das Essen wegnahmen. Alle Kinder, auch Lothar saßen beim Essen mit ihren Armen um ihren Teller, diese Sitzposition nahm er später auch noch monatelang nach dem Klinikaufenthalt zu Hause ein. Tagsüber wurde endlos gewandert, nur einmal in der ganzen Zeit gab es eine Märchenaufführung: „Die

Prinzessin auf der Erbse". Wandern, wandern, wandern...und Prügel und kein Essen...sonst nichts. Geschlafen wurde in riesigen Schlafsälen mit mindestens dreißig Kindern und nachts wurden vereinzelt immer wieder Kinder aus ihren Betten geholt. Auch hörte man nachts von irgendwoher Kinder schreien und Lothar war immer froh das er nicht der nächste war der rausgeholt wurde. Wer weiß, vielleicht wartete draußen schon der Herr Pfarrer...

Über die nächtlichen Flure kroch noch der modrig-braune Gestank der Nazis, und man hätte bei ihrem Verhalten leicht annehmen können dass viele dieser „Tanten" zum früheren Personalkörper der Vernichtungsanstalt Weilmünster gehörten.

„(...)In der Zeit des Nationalsozialismus wurde die Klinik zum Tatort der Verbrechen der nationalsozialistischen Rassenhygiene. Aufgrund des Gesetzes zur Verhütung erbkranken Nachwuchses wurden in Weilmünster 1934 bis 1939 insgesamt 278 Personen zwangssterilisiert.

1940 wurde das Klinikum im Rahmen der Aktion T4 zur „Zwischenanstalt" Weilmünster erklärt, wie unter anderem auch der Kalmenhof in Idstein, die Pflegeanstalt Andernach und die Anstalt Scheuern. Allein in diesem Jahr wurden 735 Patienten aus Weilmünster und 1773 Patienten aus anderen Anstalten in die NS-Tötungsanstalt Hadamar verlegt und dort ermordet. Insgesamt fanden etwa 6.000 Menschen im Rahmen der nationalsozialistischen

Krankenmorde den Tod, die in Weilmünster als Patienten lebten.

Eine Reihe von Patienten starb durch Unterernährung, pflegerische Vernachlässigung, aber wohl auch durch gezielte medikamentöse Tötungen direkt in Weilmünster.[1] Zwischen 1940 und 1945 starben in Weilmünster über 3000 Patienten.[2] Siehe hierzu den Friedhofsabschnitt.

Nachdem die psychiatrischen Patienten ermordet worden waren, entstand Platz für die Einrichtung eines Heereslazarettes. Offiziell für 1200 Patienten geplant, waren bis zu 2000 kranke Soldaten hier untergebracht. Das „Militär-Lazarett" bestand bis Anfang 1947.

Nassauisches Kindersanatorium
Nach der Auflösung des Lazarettes wurde der Klinikkomplex ab 1946 unter dem Namen „Nassauisches Kindersanatorium" wieder als Kinderheim genutzt. Neben der Tuberkulosebehandlung war auch die Betreuung von Kriegswaisen Teil der Aufgabe. Mit über 1500 Insassen war die Anlage deutlich überbelegt. Daneben wurden zunehmend wieder psychisch Kranke betreut.

Im Jahr 1953 übernahm der neu gegründete Landeswohlfahrtsverbandes Hessen die Trägerschaft der Einrichtung und betrieb die Sanierung der Bauten.

Psychiatrisches Krankenhaus

Seit 1963 wurde die Klinik wieder vollständig als psychiatrisches Krankenhaus genutzt. Während anfangs über 1.000 Patienten im Klinikum untergebracht waren, wurden die Stationen in den 1970er und 1980er Jahren kontinuierlich verkleinert und die Betreuung verbessert. Auch wurde eine ambulante Betreuung von psychisch Kranken eingeführt.

Ab 1988 wurde die neurologische Abteilung deutlich ausgebaut. 1996 übernahm die Klinik den Versorgungsauftrag der Taunusklinik Falkenstein und steigerte die Gesamtbettenzahl des Hauses auf knapp unter 200.

Seit 1998 führt das Klinikum Weilmünster die Gesellschaftsform gemeinnützige GmbH." (Vitos Weilmünster, Wikipedia 2021)

Lothar war in dieser „Kur" von Anfang an ein Außenseiter. Doch ein zierliches Waisenmädchen hatte sich mit ihm angefreundet und war immer in seiner Nähe. Nach einigen Wochen kam ein Paket mit selbstgebackenen Plätzchen von seinen Eltern. Die „Tanten" gaben ihm nichts davon und räumten das Paket in einen Schrank. Nachts schlichen das Waisenmädchen und Lothar in den Raum mit dem Schrank, öffneten das Paket, und aßen Plätzchen. Das hatte ein feindseliger kräftiger Junge mitbekommen und kam auch in den Raum. Er schlug Lothar und das Mädchen und wollte ihnen die Plätzchen wegnehmen. Ganz gegen seine Art setzte sich Lothar zur Wehr und schlug dem Jungen mit seiner Faust kräftig gegen sein Kinn das dadurch aufplatzte und heftig blutete. In dem Moment kam eine „Tante" in den Raum. Der Junge wurde zur medizinischen Versorgung in einen anderen Raum gebracht und Lothar und das Waisenmädchen erhielten zur Strafe zwei Abende nichts zu Essen und mussten in dieser Nacht einige Zeit auf dem Flur knien bevor sie wieder in ihr Bett durften.

Obwohl die meisten Kinder regelmäßig Besuch erhielten hatten ihn seine Eltern in den ganzen Wochen nicht einmal besucht und ihm nur ein Paket geschickt. Als Lothar nach dieser „Kur" wieder zu Hause war, war er abgemagert und hatte mehrere Kilogramm abgenommen. Diese „Kur" in Weilmünster war ein schweres Trauma für ihn.

3

Erster April 1960. Es war ein Freitag und Lothar betrat mit seiner großen Schultüte gemeinsam mit seiner Mutter zum ersten Mal den Schulhof der Ludgerus Grundschule in Rhede. Einschulung. Erster Schultag. Die Stimmung auf dem Schulhof war wenig euphorisch, einige Kinder weinten, und irgendwann kam dann eine Lehrerin und brachte die Kinder ohne die Eltern in einen großen Klassenraum. Hier suchte sich jeder einen Sitzplatz, und dann versuchte die Lehrerin den Kindern viele organisatorische Dinge zu erklären und dass sie alle ab Montag im Hauptgebäude in einem anderen Klassenraum wären. Dann war der erste Schultag auch bald rum und Lothar konnte mit seiner Mutter die draußen auf dem Schulhof gewartet hatte wieder den Heimweg antreten. Die Schule lag nicht weit entfernt von ihrer Wohnung, vielleicht fünf Gehminuten. Wieder zuhause angekommen machte sich Lothar gleich über die Süßigkeiten her die in der Schultüte waren. Er hatte sich von der „Kur" in Weilmünster sehr gut erholt und war allgemein wieder fit.

Am Montag ging er dann mit einem Schulranzen in die Schule. Darin waren eine Schiefertafel, Griffel und Schulbücher für die erste Klasse. Das Lernen fiel ihm leicht zumal er vermutlich mit vier Jahren schon relativ gut lesen konnte. Auch das Rechnen bereitete ihm keinerlei Schwierigkeiten. Beim Schreiben haperte es anfangs noch ein wenig da er die Buchstaben und dann die Worte oft zu groß schrieb, dieser Mangel verschwand aber schnell.

Lothar war sehr musikalisch aber kein guter Sportler was ihm den Beinahmen „Honigkuchenpferd" einbrachte, der Sportlehrer vergab gleich am Anfang an alle Schülerinnen und Schüler solche Spitznahmen. Da waren der „Metzger" die „heilige Gertrud" und viele Andere.

Lothar war ein sehr kommunikativer Mensch und erzählte gerne phantastische Geschichten. Da waren besonders schlaue Schweinchen, sprechende Vögel, Hexen und Zauberer im Wald und und und. Solche Geschichten hörten die anderen Kinder gern und auch sonst war Lothar ein beliebter Mitschüler und fand daher schon bald in der Schule neue Freunde. Eine Freundschaft bildete sich von Anfang an sehr intensiv heraus und das war die auch noch nach der Schulzeit anhaltende Freundschaft zu seinem Freund Klaus.

Klaus war ein sehr lebhafter Junge, auch Einzelkind wie Lothar, und wohnte nicht in der Eichendorffstraße sondern im Sandweg. Der Sandweg kreuzte nicht weit entfernt von Lothars Wohnung die Eichendorffstraße. Hier hatten, meistens Arbeiter, kleine Einfamilienhäuser gebaut. Die Häuser hatten große Grundstücke, meist so um die tausend Quadratmeter, vorm Haus war meist ein kleiner Vorgarten und der große Garten mit schönen Obstbäumen und vielen Blumen- und Gemüsebeeten lag hinter dem Haus. Fast alle Häuser hatten noch einen Anbau mit Schweinestall und Geräteschuppen. Einige hielten auch noch Schweine, die Eltern von Klaus nicht mehr. Der Schweinestall war nur noch Spielplatz für die Kinder, und da sich bei Klaus immer viele Kinder trafen war Lothar oft und gerne bei seinem Freund Klaus zum Spielen. Hier konnte er den anderen Kindern seine phantastischen Geschichten erzählen und alle hörten immer gespannt zu. Zu Prügeleien und großen Streitereien unter den Kindern kam es bei Klaus nie da Klaus und Lothar für ihr Alter schon relativ groß waren was von Hause aus Eindruck machte, und Klaus und Lothar galten als sehr friedliebend, deshalb waren auch so gut wie nie rauflustige Kinder bei Klaus. Die rauflustigen Kinder, meist freche Jungen, spielten alle gerne und häufig Fußball, und dem Fußball und den Fußball-Fans konnten sowohl Klaus als auch Lothar von Anfang an nie etwas abgewinnen. Sie bauten lieber Höhlen auf freien Grundstücken oder „Häuser" im Wald.

In der Nachbarschaft von Klaus wohnte ein etwa gleichaltriger Junge mit Namen Peter mit dem sie auch gelegentlich etwas unternahmen. Peter hatte eine jüngere Schwester und die Kinder hatten beim Haus ein kleines Zelt stehen. Die jüngere Schwester war sehr „zeigefreudig" und zog sich in dem Zelt gerne nackt aus. Dann spielten sie alle mit der

Schwester im Zelt „Onkel Doktor" und „untersuchten" sie am ganzen Körper. „Zeigefreudige" kleine Mädchen gab es etliche in der Gegend und so kam es beim Spielen im Wald oftmals zu ersten Annäherungen.

Die ersten Schuljahre verliefen unproblematisch. Klaus war kein Spitzenschüler wie Lothar. Er lag mit seinen Noten eher im guten Mittelfeld. Lothar hatte neben seinem Spitznamen „Honigkuchenpferd", Klaus war der „Metzger" weil er gelegentlich auf dem Schulhof mit einem gezückten Taschenmesser hinter Kindern herrannte die ihn geärgert hatten, zusätzlich schon bald zwei neue Spitznamen. Seine Klassenlehrerin nannte ihn „Träumer" weil er oft einen Großteil des Unterrichts gedankenabwesend war. Trotzdem war er ein ausgezeichneter Schüler der nur einser und zweier holte. Andere Kinder nannten ihn etwa ab Mitte des zweiten Schuljahres „Bleichgesicht" weil er ab diesem Zeitpunkt immer auffällig blass war. Für diese Blässe gab es aber einen traurigen Grund. Sie war wahrscheinlich durch einen sehr schweren psychischen Schock bedingt, den er im Sommer des zweiten Schuljahres erlitten hatte. Lothars Vater, der Franz, seine Mutter hieß Elsa, hatte seit Ende 1959 ein Moped, eine „NSU Quickly" mit einer Zweigangschaltung. Im Herbst 1961 kaufte Lothars Vater für 500 DM ein altes „Goggomobil". Das Auto war an einigen Stellen schon durchgerostet und das Kupplungsseil riss bereits während der ersten

Probefahrt. Aber das Auto hatte noch TÜV und sprang auch meistens an. Das Kupplungsseil wurde ersetzt, und dann fuhr der Franz die nächsten Monate, mehr schlecht als recht da das zweizylindrige Auto oft auf einem Zylinder streikte und dann maximal noch dreißig Stundenkilometer schnell fuhr, mit dem Schrotthaufen zur Arbeit bei „Schulten" in Oeding. Das Auto stand vorm Haus immer unter einer grauen Kunststoffabdeckplane.

Eines Tages bemerkte Lothars Vater einen großen Riss in der Abdeckplane. Er bezichtigte sofort Lothar er habe die Plane beschädigt obwohl Lothar hoch und heilig beteuerte dass den Schaden die Nachbarskinder verursacht hätten, aber er glaubte Lothar nicht. Was jetzt kam sollte Lothar den Rest seines Lebens seelisch verfolgen und war wohl danach auch Ursache für Lothars auffällige Blässe. Der Vater zerrte den wehrlosen siebenjährigen Lothar ins Wohnzimmer, seine Mutter saß zu diesem Zeitpunkt teilnahmslos und untätig in der danebenliegenden Küche, und zwang ihn sich nackt auszuziehen, sogar die Socken musste er ausziehen, und dann schlug der Franz mit einem großen Lineal minutenlang auf den nackten Lothar ein, wie gesagt, die dem Franz vollkommen hörige Elsa griff nicht ein, und der Lothar hatte in diesem Moment Todesangst, denn er dachte der Vater wolle ihn umbringen. Nachdem der Vater mit ihm fertig war und er sich wieder anziehen durfte war Lothar im wahrsten Sinne des Wortes „schlagartig" ein anderer

Mensch geworden. Die Kindheit des siebenjährigen Lothar war für ihn innerlich in diesem Augenblick beendet und das Vertrauen das er immer in seine Eltern hatte war für immer zerbrochen. Vermutlich haben die psychischen Krankheitsphasen die Lothar in seinem späteren Leben durchleiden musste alle mit diesem einen Ereignis zu tun: TODESANGST. Lothar empfand seine Eltern ab diesem Zeitpunkt als abstoßend, aber es kam ohnehin nie vor dass ihn sein Vater oder seine Mutter in den Arm nehmen wollten, auch seine guten Schulnoten die er sich selbst erarbeitet hatte, es gab dabei keinerlei Unterstützung von Seiten der Eltern, wurden als selbstverständlich hingenommen, nie mal ein Lob, garnichts.

Im gleichen Jahr(1962) schlug noch eine Bombe in der kleinen Dachgeschoßwohnung ein. Die Mutter der Elsa kam aus der DDR zu ihnen. Ihr Mann, ein frühpensionierter Grubenmaurer, ein Kettenraucher und notorischer Säufer, hatte sich mit dreiundsechzig Jahren endlich totgesoffen. Er starb an einem Blutsturz, wie man im Volksmund sagte. Genauer beschrieben hatte er eine Leberzirrhose im Endstadium und daher gestaute Venen (Krampfadern) in der Speiseröhre, sogenannte Ösophagusvarizen, die dann beim Essen irgendwann platzten. Er erbrach dann plötzlich und schwallartig eine große Menge Blut bis er tot war.

Die Oma war eine völlig ungebildete Frau, keine nennenswerte Schulbildung und keine Ausbildung, sie war in jungen Jahren, vor ihrer Ehe, verschiedene

Male „in Stellung", was nichts anderes bedeutete als dass sie in Haushalten von „besser gestellten Herrschaften" als Hausmädchen gearbeitet und dort auch gewohnt hatte. Die Oma, Maria, bekam im ohnehin schon engen unbeheizten Schlafzimmer ein Bett und einen Kleiderschrank und damit wohnte sie dann auch mit in der kleinen Dachgeschosswohnung, die Elsa, die Maria und der Lothar schliefen ab diesem Zeitpunkt im Schlafzimmer, der Lothar musste mit im Ehebett schlafen, und der Franz schlief auf dem Sofa im Wohnzimmer.

Die Oma war sechzig und versuchte noch einmal das Fahrradfahren zu erlernen. Sie probierte über zwei Stunden mit dem Rad von Lothars Mutter die Balance zu halten und dann auch gerade auf der Straße, die Straßen in der Nähe ihres Wohnhauses waren noch Sandwege, zu fahren, kurzum sie landete immer wieder in einer Hecke oder an einer Hauswand. Sie gab die Radfahrversuche danach endgültig auf.

Da die Oma die böhmische Küche, die als gut galt, beherrschte, war sie fortan fürs Kochen und den restlichen Haushalt zuständig. Lothars Mutter suchte sich, auf Drängen des Vaters, wogegen sie sich Anfangs sehr sträubte, eine Halbtagsstelle als Schuhverkäuferin im „Schuhhaus Rekers" in Bocholt. Das Schuhe verkaufen lag ihr auf Anhieb und so sollte sie, was sie damals noch nicht ahnte, bis zu ihrer Rente mit 63 bei „Rekers" halbtags beschäftigt(nur nachmittags) arbeiten.

Die Oma war inzwischen auch für den relativ großen Garten zuständig in dem ein großer Apfel- ein großer Kirsch- und ein großer Birnbaum standen, dazwischen waren Gemüse- und Blumenbeete. Die Oma pflanzte auch Erdbeerstauden an. Um die Erdbeerstauden zu düngen schwor die Oma auf Pferdemist und deshalb ging sie mit Lothar nach der Schule regelmäßig die nahegelegenen sandigen Straßen ab um „Pferdeäpfel" zu sammeln. Es gab damals, 1962, noch relativ viele Pferdefuhrwerke und so fand man bei ausreichender Suche auch genügend „Pferdeäpfel" auf den Straßen. Lothars Mutter schämte sich immer wenn die Oma mit Lothar nach Pferdemist suchte, den sie dann in einer großen schwarzen Einkaufstasche verstaute, aber Lothars Vater störte das nicht, weil er sich schon auf die großen dunkelroten Erdbeeren freute.

In der Schule lief auch nach der „Prügelstrafe" für Lothar alles bestens, nur seine „Träumerphasen" im Unterricht hatten deutlich zugenommen, was aber am ausgezeichneten Ergebnis grundlegend nichts änderte. Die guten und sehr guten Noten hatte Lothar auch im dritten und vierten Schuljahr und Klaus lag weiter im guten Mittelfeld und die beiden waren weiterhin beste Freunde.

Nach dem Goggomobil kaufte Lothars Vater eine gebrauchte 600-ter BMW „Isetta" mit Front und Seitentür, mit der er gut eineinhalb Jahre fuhr. Sie, also die Eltern, die Oma und der Lothar, machten nun öfter Verwandtenbesuche. Da waren die Tante Mizzi, Lothars Patentante, und der Onkel Emil in Münster. Die beiden hatten seit Ende der 50-ger Jahre eine Wäscherei mit vier Angestellten und bereits in den 50-ger Jahren einen VW Käfer mit Brötchenfenster und einen Fernseher. Wohlhabende Kleinunternehmer, die Geschäfte gingen damals gut. Einen Fernseher hatten Lothars Eltern auch. Bereits seit 1961. Da kamen immer viele Hausnachbarn aus ihrem Block abends zum Fernsehschauen in die kleine Wohnung.

Sie besuchten auch mehrmals die Tante Annel in Altena. Das war die Schwester der Oma und lebte mit einem dicken mindestens 200 Kilogramm schweren Mann, ihrem 2. Mann, zusammen. Hier gab es immer Torte in Hülle und Fülle, die Tante Mizzi war in dieser Beziehung etwas geizig, und der „Onkel", also der Mann der Tante Annel, rauchte nach einem Schnäpschen immer eine dicke Zigarre. Nun wäre noch der Bruder Lothars Mutter zu erwähnen der mit seiner Familie in Baden Baden lebte, doch dorthin fuhren sie, ohne die Oma aber mit Lothar, erst im Sommer 1965. Elsas Bruder war mit der Ilse verheiratet, war Zollbeamter, sie hatten zwei Kinder die deutlich älter waren als Lothar, und die Tante Ilse arbeitete in „Brenners Park-Hotel" in Baden Baden.

Gelegentlich fuhren sie mit der Oma auch zu ihrer jüngeren Schwester nach Oberhausen-Osterfeld. Die

Tante Elly war mit dem Onkel Ernst verheiratet der auf Zeche „Jakobi" Grubenelektriker war. Der Onkel Ernst trank gerne mal einen aber nie so dass man ihm das deutlich anmerkte, aber er hatte eigentlich immer eine leichte „Alkoholfahne", wahrscheinlich war er ein sogenannter „Spiegeltrinker". Bei der Tante Elly wohnte noch die damals sicher schon über 80-jährige Urgroßmutter, also die Mutter von der Tante Elly und der Tante Annel und von Lothars Oma. Die Uroma sprach fast nichts und hatte einen hintergründigen durchdringenden Blick, geradezu furchteinflößend, so stellte sich Lothar eine Hexe oder eine böse Zauberin vor. Bei Tante Elly war es immer sehr gemütlich. Es gab selbst gebackenen Kuchen in Hülle und Fülle und die Tante und der Onkel waren in ihrer ganzen Art sehr wohlwollende Menschen. Sie wohnten in einem kleinen Zechenhäuschen und daneben und dahinter waren große Gärten die sie bewirtschafteten. Die Tante Elly und der Onkel Ernst hatten zwei erwachsene verheiratete Söhne die aber fast nie auch da waren wenn Lothars Eltern der Lothar und die Oma in Oberhausen zu Besuch waren. Die Uroma hatte 15 eigene Kinder von denen über die Hälfte bereits tot waren.

Stellt sich nun die Frage warum fast die ganze Verwandtschaft im „Westen" war und die Oma mit ihrem Mann im „Osten", gleiches galt auch für die Eltern von Lothars Vater und den jüngeren Bruder des Vaters mit Familie, die lebten auch in der DDR.

Das lag am Datum der Vertreibung. Die sogenannten „letzten Transporte" gingen alle in die damalige SBZ, und wer konnte flüchtete bei Nacht und Nebel von dort in den „Westen", und das hatten auch die Elsa, ihr Bruder mit Familie, die Tante Mizzi, der Onkel Emil, und alle anderen gemacht.

Im Frühjahr 1964 kaufte Lothars Vater einen nagelneuen beryll grünen VW Käfer. Inzwischen war das Geld nicht mehr so knapp wie noch einige Jahre zuvor und er konnte den Käfer sogar bar bezahlen, die „Isetta" wurde für 800.- DM in Zahlung genommen.

Das Frühjahr 1964 war auch für Lothar ein einschneidendes Erlebnis. Er ging aufs Gymnasium in Bocholt, das „St.-Georgs Gymnasium". Da sein Schulzeugnis von der Volksschule in Rhede ausgezeichnet war, brauchte er keine Aufnahmeprüfung zu machen die damals noch üblich war. Doch die Vorschusslorbeeren von der Volksschule halfen dem Lothar in der Sexta nicht. Er saß vorne in der ersten Bankreihe, gleich neben der Klassentür. Etliche Lehrer, von einigen wenigen jungen Referendaren und jüngeren Studienräten abgesehen, waren bereits über 50 und hatten den 2. Weltkrieg und die Nazizeit noch aktiv miterlebt. Entsprechend war auch ihr Unterrichtsstil, der sich fundamental vom Unterricht in der Volksschule in Rhede unterschied. Lothar war in dieser Klasse von Anfang an ein Außenseiter, was sicher nicht zuletzt auch an seinen Mitschülern lag, die fast ausnahmslos zur sogenannten „besseren Gesellschaft" in Bocholt und Rhede gehörten, Fabrikantensöhne, Ärztesöhne, Rechtsanwaltssöhne usw., mit einem ganz anderen Bildungshintergrund. Trotzdem. Lothar war von der Volksschule in Rhede ausgezeichnet vorzensiert und alle anderen waren ja vorher auch an irgendeiner Volksschule, einige hatten sogar eine Aufnahmeprüfung machen müssen. Doch Lothar scheiterte in der Sexta kläglich. Mehrere fünfen und eine sechs im Halbjahreszeugnis und am Ende immer noch zwei fünfen was dann für eine Versetzung in die Quinta nicht ausreichte. Was war nun der Grund für diese Pleite. Lothar „träumte" oft im Unterricht so dass ihn der Lehrstoff nicht mehr wirklich erreichte, und das war ein anderes „Träumen" als in der Volksschule. Irgendwann wurde er dann auch von den Lehrern stigmatisiert und veräppelt, nicht mehr für voll genommen. Lothar hatte in dieser Sexta vermutlich seine erste länger anhaltende depressive Episode, er hätte eigentlich in die Kinderpsychiatrie gehört und nicht in diese Sexta, denn er „träumte" nicht, wie in der Volksschule, sondern er hatte teilweise lang anhaltende Absencen, aber daran dachte damals noch niemand, Psychiater nannten sich auf ihren Praxisschildern oft noch „Irrenärzte".

Nach diesem negativen Paukenschlag, sitzengeblieben gleich in der Sexta, nahmen ihn seine Eltern nicht sofort vom Gymnasium und wieder zurück in die Volksschule, sondern Lothar durfte die Sexta wiederholen und von da an wurde es besser. In viel späteren Jahren, 1971, hatte Lothar die Aufnahmeprüfung für den Polizeivollzugsdienst an der „Landespolizeischule Carl Severing" in Münster bestanden und im Rahmen dieser Aufnahmeprüfung wurde auch ein Intelligenztest mit Lothar gemacht, mit dem Ergebnis IQ von 124, also überdurchschnittlich intelligent.

In den weiteren Jahren am Gymnasium war Lothar nicht gut, er hielt sich nur im Mittelfeld, offenbar war da etwas was ihn hemmte, weswegen er „mit angezogener Handbremse" lernte, wogegen er innerlich rebellierte, und wenn man seinen erfolgreichen späteren Lebenslauf als Erwachsener betrachtet, war dies nur sein Vater, besser gesagt sein ganzes Elternhaus.

4

Sommer 1965. Lothar war erfolgreich in der „neuen" Sexta und hatte guten Kontakt zu seinen Klassenkameraden, es gab auch private Kontakte mit einigen Mitschülern nach dem Unterricht aber die Freundschaft zu Klaus blieb bestehen.

Lothars Eltern waren inzwischen mitsamt der Oma in eine etwas größere Wohnung in der Eichendorffstraße umgezogen und sein Vater hatte jetzt für den beryll grünen VW Käfer eine eigene Garage und dahinterliegend einen Schuppen.

Lothar musste sich mit der Oma ein Zimmer teilen, ein schmaler Schlauch in dem die Oma mit Bett und gegenüberliegendem Kleiderschrank, dazwischen der Durchgang, neben der Tür „wohnte", und Lothar hatte den Platz am Fenster mit Bett, gegenüberliegendem Schreibtisch und daneben sein Kleiderschrank, die beiden Schlafplätze wurden etwa in der Mitte des Zimmers durch einen dunkelgrünen Vorhang, der zwischen den Kleiderschränken verlief, getrennt.

Lothars Eltern hatten nun, seit Jahren wieder, ein gemeinsames Schlafzimmer und daneben war die Küche mit dem Ofen, so dass im Winter, wenn abends noch ein Brikett aufgelegt und die Tür offengelassen wurde, die Wärme ins Schlafzimmer ziehen konnte. Die Wohnung war ebenerdig und zwei Etagen höher, im Dachgeschoß, lag noch ein kleines Wohnzimmer mit Ofen und Dachschrägen.

In Lothars Sommerferien fuhren sie mit dem Käfer ohne die Oma nach Baden-Baden zum Bruder der Mutter, auch Franz und seiner Frau Ilse. Die Familie bewohnte schon eine Eigentumswohnung und es schien ihnen auch sonst deutlich besser zu gehen als Lothars Eltern. Die beiden Kinder waren bereits in jugendlichem Alter, 18 Jahre der Sohn(Werner) und 16 Jahre die Tochter(Gabi), und bewohnten in der Wohnung jeweils ein eigenes Zimmer. Für den Besuch musste der Sohn sein Zimmer räumen, dort schliefen Lothar und seine Eltern, teils auf beigestellten Feldbetten, dann zu dritt.

Die Eigentumswohnung lag in der „Große Dollenstraße" und ein Nachbar sollte in späteren Jahren noch als Schlagerstar berühmt werden: Tony Marshall.

Die Tante Ilse war „Chef Pâtissier", also die Torten- und Gebäckchefin, in „Brenners Park-Hotel" in Baden Baden. Die Nobelherberge gehörte zum Imperium von Dr. Oetker. In diesem Hotel stiegen Scheichs, Schlagerstars, Politiker und andere Berühmtheiten ab, ein Hort für die „oberen Zehntausend". Am zweiten Tag ihres Besuchs lud die Tante Ilse Lothars Eltern und ihn in den Küchenbereich des Hotels ein und servierte ihnen Tortenstücken und köstliches Gebäck. Sie brauchten alle an dem Tag kein Mittagessen mehr. Lothars Eltern und er waren schwer beeindruckt von der Lage des Hotels und den illustren Leuten die am Haupteingang ein- und ausgingen. Vorm Hotel standen die Nobelkarossen aufgereiht. Mit einem solchen Ambiente und auch mit der Lage der Eigentumswohnung, die eine Zentralheizung hatte, konnten Lothars Eltern nicht mithalten.

Der Onkel Franz hatte im gehobenen Zolldienst eine gute Position. Auch da konnten Lothars Eltern nicht mithalten, was zeitweise etwas auf die Stimmung drückte, trotzdem konnte man die eine Woche Urlaub in Baden-Baden als eine der glücklichsten Phasen der letzten Jahre bezeichnen, sie unternahmen gemeinsam viele Ausflüge und die Stimmung war ausgelassen und harmonisch. Lothars Vater machte, was er schon lange nicht mehr tat, viele Fotos, ein Bild ist Lothar besonders in Erinnerung geblieben, da sitzen er und seine Mutter in Badesachen mitten in einem Gebirgsbach auf einem großen Stein.

Sie besuchten noch weitere Bekannte der Mutter in Breisach, bevor sie dann nach einer Woche wieder die Heimreise antraten.

In den folgenden Jahren unternahmen Lothars Eltern keine Urlaubsreisen mehr. Das lag hauptsächlich an Lothars Vater der die Reise nach Baden-Baden im Nachhinein eigentlich nur in negativem Licht darstellte. Sie machten in den folgenden Jahren an Wochenenden noch zwei Mal einen Tagesausflug an den Strand von Scheveningen. Das wars. Ansonsten fuhren sie an Wochenenden mit den Fahrrädern in das Freibad in Bocholt, später, als Rhede dann auch ein Freibad hatte, gingen sie in Rhede ins Freibad, aber auch dahin ging Lothars Vater irgendwann nicht mehr mit. Die Tante Mizzi und den Onkel Emil besuchten sie noch gelegentlich an Wochenenden. Die hatten inzwischen ein Zweifamilienhaus in Münster Gremmendorf-Angelmodde gebaut, die Wäscherei warf scheinbar noch genügend Geld ab.

Lothar kämpfte in den Jahren 1965 bis 1968 weiter erfolgreich am Gymnasium. Dem Vater gefielen zwar seine Schulnoten nie und er nannte Lothar öfter einen „Vollidioten" oder einen „Hornidioten", aber das störte Lothar nicht mehr, er hatte sich „ein dickes Fell" zugelegt, und geschlagen hat der Vater ihn nie mehr.

Nach 1964 gab es eine Verlegung des Schuljahresbeginns. Zur Umstellung wurden in Niedersachsen, Bremen, Nordrhein-Westfalen, Hessen, Saarland, Schleswig-Holstein, Rheinland-Pfalz und Baden-Württemberg zwei Kurzschuljahre durchgeführt, vom 1. April bis 30. November 1966 und vom 1. Dezember 1966 bis 31. Juli 1967. Lothar war dadurch 1967 in der Quarta und kam in die Untertertia. In der Untertertia traten gegen Schuljahresende 1968 Probleme in Latein und Französisch auf. Beide Fächer fünf. Er konnte aber eine „Nachprüfung" machen. Dazu musste er in den

Sommerferien kräftig büffeln und wurde dann ins neue Schuljahr nach bestandener Nachprüfung nachträglich noch versetzt. Lothar entschied sich für Latein und es klappte auch alles. Er war also ab Herbst 1968 in der Obertertia. Doch ab Sommer 1969 traten wieder Probleme in Latein und Französisch auf. Wieder beide Fächer zum Schuljahresende fünf. Diesmal konnte Lothar aber keine Nachprüfung mehr machen da man diese nicht zwei Jahre hintereinander beantragen konnte. Er musste also notgedrungen die Obertertia nochmal wiederholen. Lothar war wieder sitzengeblieben. Er wiederholte also die Obertertia von Herbst 1969 bis Sommer 1970 und wurde mit einem guten Zeugnis in die Untersekunda versetzt.

Die Untersekunda war das Jahr in dem man, wenn man denn nach Obersekunda versetzt wurde, die „Oberstufenreife" erwarb. Die „Oberstufenreife" ist der „mittleren Reife" gleichgestellt. Lothar wurde im Sommer 1971 mit einem durchschnittlichen Zeugnis nach Obersekunda versetzt und hatte damit am Gymnasium die „mittlere Reife" erlangt. Ein wichtiger Schritt ins selbständige Leben war getan. Lothar war jetzt 17 Jahre alt.

Auch Lothars Freund Klaus hatte nach dem Ende der Volksschule versucht die mittlere Reife zu erlangen. Er ging in Bocholt auf die Handelsschule, die bis zur „mittleren Reife" zwei Jahre dauerte. Aber Klaus schmiss bereits nach dem ersten Jahr das Handtuch und begann beim Autohaus „Behnen" in

Bocholt eine Lehre als Einzelhandelskaufmann, die er auch nicht beenden sollte, er schloss die Lehre am Ende verkürzt als „Verkäufer" ab.

Seit Sommer 1968 waren Klaus und Lothar in der „CAJ" und waren häufig im Jugendheim der Pfarrgemeinde „Heilige Familie" in Rhede, wo damals regelmäßig „Tanztees" veranstaltet wurden und einheimische Bands spielten. Mit 14, Klaus wurde im Sommer schon 15, begann ihre „Sturm und Drang" Zeit. Sie hatten beide inzwischen längere Haare, liefen mit abgeschnittenen bemalten Hosen und Tarnjacken aus dem Vietnamkrieg rum, waren mit Ketten behängt und trugen Boots die damals angesagt waren. Ihre Eltern hatten frühzeitig aufgehört dagegenzuhalten. Es hätte ohnehin wenig genutzt. Lothars Vater kaufte ihm sogar einen braunen Schlapphut und brachte ihm von „Schulten" in Oeding, wo er arbeitete, einen Fellmantel mit, mit so einem rannten „die echten Hippies" damals alle rum. Die Textilfabrik „Schulten" produzierte Mode und Lothars Vater war inzwischen der leitende Webmeister vom Vorwerk. In den Sommerferien und in den Osterferien arbeitete Lothar seit er 14 war auch bei „Schulten" und verdiente sich Geld.

Im Sommer 1968 organisierte ein älterer „CAJ" Gruppenleiter mit einigen seiner älteren Freunde eine Fahrt mit einem Kleinbus nach Amsterdam. Klaus und Lothar fuhren auch mit. Beide waren begeistert von den vielen Hippies die damals überall in der Stadt campierten. Hier zogen Klaus und

Lothar zum ersten Mal mehrmals an einem Joint den ihnen ein älteres Hippiemädchen anbot. Die Wirkung war bei Klaus und bei Lothar in etwa die gleiche: sie sahen weder bunte Farben noch wurden sie unwahrscheinlich lustig, nein, sie wurden beide nur unwahrscheinlich müde und dieser Effekt hielt bei beiden stundenlang an. Sie waren sich danach beide einig dass sie in Zukunft weiterhin beim Alkohol blieben und von Rauschgift die Finger ließen. Nach einer umfangreichen Wanderung durch die Stadt, einer Grachtenfahrt und einem Rundgang im Hafengebiet fuhren alle mit ihrem Kleinbus abends wieder Richtung Rhede, wo sie kurz vor Mitternacht ankamen.

Im gleichen Sommer(Sommerferien) fuhren Klaus, Lothar und einige andere Gleichgesinnte mehrmals zum Zelten in einen Wald in Ufernähe des Halterner Stausees. Hier konnte man schön baden und kräftig Biertrinken, abends wurde auch noch ein kleines Lagerfeuer gemacht. Klaus und Lothar gingen bei einem dieser Zeltausflüge in die Halterner Altstadt und waren hier zum ersten Mal in der Diskothek „Old Daddy", die damals gerade eröffnet worden war. Viele Jahre später befinden sich Zweigstellen dieses „Ur-Old Daddys" auch in Oberhausen und in Duisburg, wo Lothar mit Freundinnen und Freunden in den 80-ger Jahren oft war.

An einem Herbstwochenende in diesem Jahr, es herrschte noch sommerliches Wetter, waren Klaus und Lothar zu einer Fortbildung von der „CAJ" auf die Jugendburg Gemen geschickt worden. Hier liefen auch viele hübsche Mädchen rum die ebenfalls auf dieser Fortbildung waren. Die Fortbildung sollte junge „CAJ-lerInnen" auf eine Rolle als JugendgruppenleiterIn vorbereiten, entsprechend viele Rollenspiel wurden gemacht und danach nachbesprochen. Geschlafen wurde in großen Schlfsäälen getrennt nach Mädchen und Jungen. Klaus hatte in letzter Zeit ein Motto ausgegeben: wir müssen mal jeder „eine unheimlich geile Alte anmachen". Das galt natürlich auch für dieses Wochenende auf der Jugendburg Gemen. Und noch eine Begrifflichkeit prägte Klaus: „unheimlich progressiv". Total irre aussehen und rumlaufen, mit einer Flasche Lambrusco vom Aldi in Bocholt am Ufer der Aa sitzen und trinken, in sämtliche einschlägigen Kneipen und Discos rennen und trinken, und „eine unheimlich geile Alte anmachen", das war alles „unheimlich progressiv". Nicht „progressiv" war lernen für die Schule und gute Noten haben. Schule war ein notwendiges Übel was man mehr oder minder gut irgendwie hinter sich bringen wollte.

Am Abend war in Gemen dann „Disco" in der Vorburg. In einem großen Saal mit Bühne wurde ein Tisch auf die Bühne gestellt und auf dem Tisch wurde ein Plattenspieler mit Verstärker und einem

Lautsprecher platziert, einige, darunter auch Lothar, hatten einige Langspielplatten mitgebracht, und darauf, Lothar war der „Diskjockey", wurde dann irgendwie getanzt. Es war beinahe taghell in dem beleuchteten Saal und „Schmusemusik" war keine unter den LP´s, eher so Platten wie die von Jimmy Hendrix „Axis Bold As Love". Nach einigen Stunden war die „Party" beendet, eine „geile Alte anmachen" konnte man da nicht und zu trinken gab es nur Cola und Fanta. Am nächsten Tag, Sonntag, nach dem gemeinsamen Mittagessen war Heimreise nach Rhede. „CAJ"- Gruppenleiter wurden Klaus und Lothar dann ab Frühjahr 1969.

Klaus und Lothar gingen damals schon für junge Erwachsene durch. Sie waren beide frühreif und hatten mit vierzehn schon ihre Erwachsenengröße erreicht, Lothar 192 cm und Schuhgröße 44 und Klaus 187 cm und Schuhgröße 42, beide hatten schon Bartwuchs und die breiten Schultern eines Erwachsenen. Das half ihnen auch ins „Milano" reinzukommen, eine „unheimlich progressive" Diskothek in Bocholt, oder in anderen Kneipen wurde ihnen Bier ausgeschenkt, aber Korn gabs noch keinen. Beide hatten ihren ersten Vollrausch schon mit vierzehn. Dazu waren Ereignisse wie die Rheder Kirmes, die jedes Jahr Ende August, und mit dem Vogelschießen im Wald, stattfand, besonders geeignet.

In den Sommerferien 1969 machten dann Klaus und Lothar als „CAJ"- Gruppenleiter mit einer Gruppe von acht Jungen eine Fahrradtour nach Burgsteinfurt um dort fünf Tage zu zelten. Auf einem kleinen Fahrradanhänger hatten sie alles dabei. Gezeltet wurde bei einem Bauern auf einer mit Kühen bestandenen großen Wiese am Wegrand hinter dem Zaun. Den Bauern hatten sie kurz nach ihrer Ankunft gefragt und der hatte sofort sein OK gegeben. Es war der Zeitpunkt der ersten Mondlandung die sie gleich am ersten Tag, nachdem sie ihre Zelte aufgebaut hatten, im Wohnzimmer des Bauern alle im Fernsehen schauen durften. Dazu gabs belegte Brote von der Bäuerin. Die drei Kinder der Bauernfamilie schauten auch mit. Nach der Mondlandung fuhren Klaus und Lothar mit den Rädern mit Anhänger in die Stadt und holten Essen und Getränke. Ein Kasten Bier durfte auch nicht fehlen.

In der ersten Nacht machten sie alle eine Nachtwanderung zum „Banjo"- See. Hier lagen Ruderboote am Ufer die tagsüber vermietet wurden. Sie lösten zwei große Boote aus der Verankerung und ruderten etwa zwei Stunden gemeinsam auf dem nächtlichen See. Es war stockfinster, nur ein gelegentliches unheimliches Glitzern, da der Mond nicht schien. Nach ihrer Rudertour befestigten sie die Boote wieder und machten sich auf den Weg Richtung Zelte. Dort angekommen gabs für Klaus und Lothar erst einmal ein Bier und für alle anderen gabs Fanta und Cola. Einige machten sich auch über die eingekauften Vorräte her weil sie noch Hunger hatten.

Am dritten Tag tauchten gegen Mittag plötzlich Lothars Eltern auf. Der beryll grüne Käfer näherte sich auf dem Feldweg dem Zeltlager. Wie sie herausgefunden hatten bei welchem Bauern sie zelteten war Klaus und Lothar ein Rätsel. Sie blieben nicht lange. Sie brachten selbst gebackenen Kuchen und eine große Schüssel mit Frikadellen mit und gaben Lothar noch einhundert Mark „für die restliche Woche". Die Stimmung war freundlich und nach einer knappen Stunde verabschiedeten sie sich wieder und wünschten noch viel Spaß beim Zelten.

Am Nachmittag des vierten Tages, einen Tag vor der Rückfahrt, kauften sich Klaus und Lothar „Hochprozentiges" in der Stadt, Klaus kaufte sich eine Flasche „Jägermeister" und Lothar kaufte sich eine Flasche „Schlehenfeuer". Die Flaschen leerten sie abends nach und nach. Am nächsten Morgen, dem Tag der Rückreise wachten Lothar mit seinem Kopf in einem Kuhfladen und Klaus irgendwo mitten auf der Wiese, zwischen den Kühen, auf. Frühstücken brauchten sie nichts da sie sich nach dem Aufwachen mehrmals übergeben mussten, und total verkatert halfen sie dann beim Abbau der Zelte und beim Zusammenpacken auf den Fahrradanhänger und dann wurde mit den Rädern die Rückreise angetreten. Gegen Abend waren sie dann alle wieder am Jugendheim in Rhede angekommen. Die Zelte und der Fahrradanhänger wurden ins Jugendheim zurückgebracht, und dann verabschiedeten sich alle und jeder fuhr mit seinem Fahrrad zurück nach Hause. Sie hatten einiges in Burgsteinfurt besichtigt und waren viel gewandert. Das Zeltlager wurde von allen Beteiligten als voller Erfolg gewertet.

Im April 1969 wurde Lothar 15 und kaufte sich eine Mofa. Er hatte genug Geld gespart und konnte sich eine „Velo Solex" leisten die damals neu 820.- DM kostete. Das Mofa hatte einen Frontmotor der an der Gabel befestigt war, und der Antrieb setzte auf dem speziell verstärkten Vorderreifen auf und trieb so das Mofa an. Mit dem Mofa fuhr er jetzt immer in die Schule. Größere Touren machte er damit nicht. Klaus war noch nicht so mobil. Er musste weiter mit dem Fahrrad fahren.

Es war die Zeit in der sich Klaus und Lothar jeder häufiger eine Flasche Lambrusco beim Aldi kauften und in die Sonne am Aa Ufer setzten und Lambrusco tranken. Die Schule wurde geschwänzt, ein ordentlicher Rausch war wichtiger. Ohnehin gingen sie damals an Wochenenden schon regelmäßig in die angesagten Szenekneipen wie das „Studio B" oder die Diskothek „Milano" in Bocholt oder in die einheimischen Kneipen oder auf „Tanztees" in Rhede und kamen danach eigentlich immer gut angeheitert nach Hause. Klaus bekam schon deutlich mehr Taschengeld als Lothar und gab diesem deshalb regelmäßig „einen aus". Mit dem

Kennenlernen von Freundinnen klappte es noch nicht so gut. Sie waren an den Wochenenden zwar an den dafür geeigneten Orten aber die Frauen spielten, aus welchen Gründen auch immer, vielleicht weil sie immer zu viel tranken, noch nicht richtig mit. Klaus hatte zwar eine Freundin aus Bocholt, eine Verkäuferin, aber die ging auf Partys mit jedem ins Bett, man hätte sie getrost schon eine Nymphomanin nennen können, und die Beziehung hielt dann auch nur ein knappes Jahr.

1969 war auch das Open Air Festival auf der Freilichtbühne in Billerbeck. Ein Hauch von Woodstock zog überall durch die Lande und auf allen möglichen Landbühnen wurden damals mit Rockbands Festivals veranstaltet. In Billerbeck war Lothar mit Jürgen aus Rhede und fuhr mit diesem hinten auf seiner Ciao Mofa auch nachts wieder zurück. In Bocholt war damals ein Open Air Festival in der Radrennbahn. Hier spielten auch bekannte Bands aus den Niederlanden wie „Cuby and the Blizzards". Klaus, Lothar, und andere Freunde waren natürlich auch mit von der Partie und dröhnten sich dabei mit Lambrusco zu. Selbst im kleinen Bauerndorf Barlo war damals ein Open Air Festival. Hier spielten unter anderem „Sandy Coast" und die „Bintangs", beide aus den Niederlanden. Klaus und Lothar lagen während des Konzerts auf der Wiese und waren sturzbetrunken während um sie herum immer wieder die Joints die Runde machten.

5

Sommer 1970. Die Velo Solex hatte einen Totalschaden, der Motor war bei einem Sturz in einer Kurve von der Gabel abgebrochen, der Schaden war irreparabel, und Lothars Vater hatte ihm seine NSU Quickly geschenkt, nachdem Lothar mit sechzehn den Führerschein Klasse fünf gemacht hatte. Auch Klaus hatte einen Führerschein gemacht, Klasse vier, und hatte von seinen Eltern eine 50 ccm Herkules, die als Klasse vier Kleinkraftrad 80 Stundenkilometer lief, geschenkt bekommen. Mit diesem Kleinkraftrad machten dann Klaus und Lothar einen zweitägigen Ausflug an den Biggestausee, zurück fuhren sie, nach einer Übernachtung in einer Pension, bei strömendem Regen, aber das Motorrad hielt gut durch.

Lothar wurde im Sommer in die Untersekunda versetzt und Klaus hatte die Handelsschule erfolglos wieder verlassen und machte eine Lehre zum Einzelhandelskaufmann bei „Opel Behnen" in Bocholt.

Im August 1970 fuhren Klaus und Lothar mit einem Zweimannzelt und wenig Gepäck zur holländischen Nordseeinsel Terschelling. Klaus hatte einen Bekannten, der sie mit seinem Auto nach Harlingen, den Fährhafen nach Terschelling, brachte. Die Überfahrt auf die Insel(Hafen

Westterschelling) dauerte etwa 2 Stunden. Schon auf der Fähre zeichnete sich ab was sie auf der Insel erwartete und was sie ja auch von der Insel erwartet hatten. Die Fähre war voller langhaariger junger Leute, die mit ihrem Gepäck nach Terschelling wollten, lauter Hippies. Schon auf der Fähre wurden überall Joints geraucht und man kam schnell in Kontakt und erhielt gute Tipps auf welchen Zeltplatz man gehen müsse. Diesen Tipps folgend erreichten sie vom Fährhafen(Westterschelling) mit dem Bus einen Zeltplatz in den Dünen von Midsland.

An der Dorfstraße, die durch Midsland führte, reihte sich damals eine Bar an die andere. Man hatte schnell den Eindruck dass fast in jedem Haus eine Kneipe war. Zu ihren Stammkneipen gehörten schon bald „Wyb" im Ortskern von Midsland und „Bar Dancing Actania", eine Diskothek etwas außerhalb in den Dünen, in der fast jeden Abend Livebands spielten, zum Beispiel „Golden Earring". Vor der Küste(außerhalb der 3-Meilen Zone) lag damals das Schiff mit dem Piratensender „Radio Veronica", der Sender organisierte die Livekonzerte in der „Bar Dancing Actania" und übertrug sie im Radio.

Auf dem prall mit Zelten gefüllten Campingplatz trafen Klaus und Lothar auch Freunde aus Oeding, dem Ort wo Lothars Vater bei „Schulten" arbeitete, Klaus 2 und Hans, beide arbeiteten in den Ferien auch immer zeitweise bei „Schulten"(Jeans von Lkw´s abladen, u.a.). Klaus 2 und Hans freuten sich riesig über das üppige Angebot an Haschisch, während Klaus und Lothar jeden Tag kräftig dem Alkohol zusprachen. Eigentlich hatten Klaus und Lothar die ganzen zwei Wochen, die sie auf Terschelling waren, immer einen mehr oder weniger kräftigen Rausch, was natürlich selbst die ausgeflipptesten Hippiemädchen irgendwie abschreckte, es lief also nicht viel mit den Mädchen auf Terschelling.

Nach zwei Wochen Dauerparty und einigen ausgiebigen Strandbesuchen mit Baden in den auf Terschelling relativ hohen Wellen ging die Reise wieder heimwärts, diesmal wurden sie in Harlingen nicht abgeholt, sie nahmen den Zug.

Im Herbst 1970 lernte Klaus die Renate kennen. Sie war die Tochter eines großen Rheder Bauern und hatte noch einen jüngeren Bruder. Der wohlbeleibte Bauer war der Jugend sehr zugetan und trank gerne einen. Auch der jüngere Bruder Renates, der vierzehnjährige Bernie, war dem Alkohol höchst zugetan. Die Bäuerin war eine verständnisvolle attraktive fürsorgliche Frau, und die Renate sah auch sehr gut aus, so wie ihre Mutter. Seit Klaus die Renate als Freundin hatte trafen sich alle, Lothar war immer im Schlepptau, bei dem Bauern und schon bald wurde eine große Party auf der Tenne organisiert. Dazu mussten die Kühe beim Nachbarn mit untergebracht werden, was kein Problem war. Der Bauer hatte wohl Angst dass das Bier ausgehen könnte und so bestellte er einen ganzen Laster voll mit Bierfässern, Bierkästen und einer professionellen Schützenfesttheke mit Kühlaggregat. Blieb nur noch das Problem mit der Musik. Der Bauer bezahlte alles und hätte gerne eine Tanzkapelle engagiert, aber Klaus kannte jemanden mit einer riesigen Anlage, den Hermann. Hermann war ein verhaltensgestörter Hilfsarbeiter der ausgeprägt schielte und sehr schlank und sehr groß war, er ging immer etwas gebückt, so als wenn er einen Buckel hätte, und dieser Hermann steckte viel Geld in seine Musikanlage und seine vielen Platten. Er hatte zwei Plattenspieler, ein großes Mischpult mit Mikrofonanschluss, und dazu diese gewaltige Stereoanlage mit riesigen Boxen. Mit dieser Anlage durfte er gelegentlich bei Tanztees „auflegen", doch er war als Diskjockey nicht sonderlich beliebt weil er ausschließlich deutsche Schlager spielte. Das konnte natürlich schwierig werden da alle lieber Rock- und Hippiemusik hören wollten, außer der Bauer, der fand die Idee mit dem deutschen Schlagerhermann super, und da der Bauer ja alles bezahlte galt die alte Weisheit `wer zahlt schafft an´, also kam Hermann mit seiner riesigen deutschen Schlagermaschine.

Die Party fand an einem Samstagabend statt, aber was hieß Abend, das erste Bierfass wurde schon am Vortag angeschlossen und schon kräftig davon genascht, man musste ja schließlich die Kühltheke ausprobierten. Auch am Samstagnachmittag wurde schon kräftig vorgeglüht so dass der Bauer und Renates jüngerer Bruder am Abend schon kräftig

Schlagseite hatten. Die Bäuerin servierte zwischendurch immer wieder Frikadellen, gekochte Eier und Schinkenbrote, für eine gute „Grundlage", wie sie meinte. Klaus, Lothar und andere bereits Samstagnachmittags gekommene Freunde hielten sich mit dem Trinken bewusst zurück, auch wenn der Bauer etwa alle Viertelstunde mit der großen Kornflasche kam und zu jedem meinte „drink do ävges tüssendör ukmol n Korn", was so viel hieß wie man sollte doch zwischendurch auch mal einen Korn trinken, der Bauer sprach, im Gegensatz zu seiner Frau, fast die ganze Zeit nur Rheder Platt. Auch Renate, Klaus Freundin, sprach nur Hochdeutsch, ihr Bruder sprach, besonders wenn er einen getrunken hatte, eine bunte Mischung aus Platt und Hochdeutsch.

Die Partygäste kamen anfangs eher spärlich, doch gegen zehn Uhr abends füllte sich die Tenne ruckartig und Hermann heizte ihnen mit voller Lautstärke und seinen deutschen Schlagern kräftig ein, und es wurde kräftig gesoffen und getanzt, das ganze hatte von den massenhaften Gästen her Schützenfestzeltcharakter. Die Party ging bis zum nächsten Morgen und nach einem deftigen Bauernfrühstück, ohne Schlaf, war ja schon wieder Frühschoppen angesagt. Mit allem drum und dran, und bis die letzten Gäste nach Hause gingen, war es Montagmorgen und Klaus, Lothar und die meisten anderen Freunde hatten sozusagen durchgefeiert. Entsprechend kam man nach dieser Party dann auch zu Hause an, für Lothar waren Herbstferien, und Klaus hatte sich bei „Behnen" Urlaub genommen. Insgesamt waren sich alle einig dass das, abgesehen von der deutschen Schlagermusik, eine äußerst gelungene Party war.

6

1971 war für Lothar ein ereignisreiches Jahr. Lothar machte im April die Aufnahmeprüfung zum Polizeivollzugsdienst an der „Landespolizeischule Carl Severing" in Münster. Zu dieser zweitägigen Prüfung wurden nur zwölf Prozent aller Bewerber überhaupt eingeladen, der Rest schied schon im Vorfeld aus, und von diesen zwölf Prozent bestanden die Prüfung dann nur dreißig Prozent, und Lothar war einer von denen die die Prüfung bestanden hatten. Da auch ein Intelligenztest gemacht wurde, kam bei Lothar heraus dass er deutlich überdurchschnittlich intelligent war. Nachdem er schriftlich das positive Prüfungsergebnis zusammen mit seinem Vertrag, dass er zum 01. Oktober in die Ausbildung(an der „Landespolizeischule Carl Severing" in Münster) im Polizeidienst eintreten konnte, zugeschickt bekommen hatte, war sein Vater sprachlos und seine Mutter war stolz, die Oma registrierte das kaum.

Lothar hatte sich vom miefigen „St.-Georgs-Gymnasium" innerlich bereits verabschiedet. Er wollte einigermaßen gut nach Obersekunda versetzt werden und damit im Sommer die „Oberstufenreife" haben was der „mittleren Reife" entsprach, und dann war für ihn das Kapitel „St.-Georgs-Gymnasium" endgültig beendet. Das gelang ihm auch. Er wurde mit einem durchschnittlichen Zeugnis versetzt. Lothar war damals absolut fit. Er wog bei einer Größe von 192 cm 72,8 Kilogramm und machte viel Ausdauersport(Langstreckenlaufen). Das Trinken wurde auf ein Minimum reduziert. Gleiches galt für das Rauchen.

Klaus hatte sich bei „Behnen" inzwischen für die verkürzte Ausbildung zum Verkäufer entschieden. Er wurde nach seiner erfolgreichen Prüfung von „Opel Behnen" als Verkäufer übernommen.

Lothars Oma hörte „Stimmen". Sie war beim „Nervenarzt" Dr. Schwarte in Bocholt in Behandlung und erhielt starke Medikamente. Sie hatte zwei Selbstmordversuche unternommen und bei ihr wurde Schizophrenie diagnostiziert. Weil sie nachts regelmäßig mit ihrem Bettzeug oder mit ihren wichtigen Unterlagen auf die Straße rannte, oder nachts lautstark ordinär in den Hausflur schimpfte, zum Beispiel „Du dreckiger alter vertschankerter (von der Geschlechtskrankheit „Schanker" hergeleitet) Hund dich kenn ich", oder mitten in der Nacht im Schlafzimmer von Lothars Eltern stand und brabbelte, besorgten Lothars Eltern ihr im Block nebenan eine kleine Dachgeschoßwohnung. Sie erhielt das alte Eheschlafzimmer und einige Möbel und wohnte nun alleine. Auch aus der neuen Wohnung rannte sie nachts auf die Straße oder ging in Gärten der Nachbarn und schimpfte laut, oder sie schimpfte laut in den Hausflur. Die Polizei rief aber niemand. Meist kamen Nachbarn aus ihren

Wohnungen oder Nachbarhäusern und brachten sie zurück in ihre Wohnung. Selbstmordversuche unternahm sie keine mehr.

Lothar arbeitete, bevor er am 01. Oktober den Polizeidienst in der „Landespolizeischule Carl Severing" in Münster antrat, für einige Wochen als Hilfsarbeiter im „Kepa Kaufhaus" in Bocholt. Meist arbeitete er mit einem verurteilten Kinderschänder zusammen, unterm Dach in einem stickigen Raum, und presste Papier und räumte aus dem Restaurant des Kaufhauses die Essensreste in Tonnen, die zweimal pro Woche zu einer Müllkippe in der Nähe von Bocholt gefahren wurden. Mit dem Kinderschänder, der täglich die unangenehmsten Geschichten erzählte, kam Lothar erstaunlich gut klar. Sie wurden keine Freunde, aber es ging so.

Am 01. Oktober 1971 trat Lothar seinen Dienst in der „Landespolizeischule Carl Severing" in Münster an. Er absolvierte jetzt den „Grundlehrgang" der Polizei, der ein Jahr, von drei Jahren Gesamtausbildungszeit, dauerte, und war Polizeiwachtmeister auf Widerruf. Lothar ließ sich von Anfang an von den vielen Freizeitangeboten die Münster damals zu bieten hatte verleiten. Er war endlich der stickigen Enge seines Elternhauses entkommen und wollte seine neu gewonnene Unabhängigkeit ausleben. Warum er dazu gerade zur Polizei gehen musste blieb ihm immer ein Rätsel. Vielleicht wollte er einfach nur allen beweisen dass er auch „so etwas" schaffte. Wer weiß?

Die Ausbildung war sehr umfangreich. Neben Deutsch, Englisch und Mathematik wurden eine Vielzahl fachspezifische Inhalte, Waffenkunde und viel Sport(Judo, Boxen, Lauftraining, u.a.) unterrichtet. Jeder Morgen wurde vorm Frühstück mit einem Dreitausend- oder Fünftausendmeterlauf begrüßt. Im Laufen war Lothar absolut fit, bei den anderen Sportarten lag er nur im oberen Mittelfeld.

Dadurch, dass er fast jeden Abend „fortging", lagen seine schulischen Leistungen nur im unteren Drittel. Das wurde von den Verantwortlichen auch lange Zeit so toleriert, da er in keinem Fach nur mangelhafte Leistungen erbrachte.

Im Dezember suchte die Tanzschule „Wrede" in Münster Tanzpartner für einen Tanzkurs. Lothar und einige andere Auszubildende der Landespolizeischule meldeten sich. Nun absolvierten sie zweimal wöchentlich abends einen Tanzkurs und hatten eine feste Tanzpartnerin. In der Tanzschule wurde auch Alkohol ausgeschenkt, so dass Lothar sich manchmal ziemlich beschwingt mit seiner Tanzpartnerin, der Oda, über die Tanzfläche drehte. Lothar hatte immer noch keine richtige Freundin gehabt und hoffte auf diesem Wege eine Frau kennenzulernen. Mit der Oda war das „Kennenlernen" allerdings relativ schwierig. Er ging zwar einige Male in Münster mit ihr aus, aber irgendwie stimmte die „Chemie" nicht so richtig, sie wollte offenbar nur einen Tanzpartner, und nicht mehr. Auf dem Abschlussball im Februar 1972 tanzte Lothar zwar oft mit der Oda, die Eltern der Tanzpartnerinnen waren auch mit von der Partie, aber er hatte während des Abschlussballs bereits ein Auge auf ein anderes hübsches Mädchen, die Silke, geworfen, mit der er einige Male tanzte und sich dabei mit ihr verabredete. Sie kam auch zu der Verabredung und es kam zu Zärtlichkeiten. Leider erschien sie zu späteren Verabredungen nicht mehr. Irgendetwas musste Lothar wohl falsch gemacht haben, aber ihm fehlte natürlich grundsätzlich auch die nötige Erfahrung. Die Oda hat Lothar nach dem Abschluss des Tanzkurses auch nie wiedergesehen.

Lothar ging abends regelmäßig in den „Club Optik" oder die „Tenne", beides waren Diskotheken, wobei im „Club Optik" die „progressivere" Musik lief und viele Studenten und langhaarige „Hippies" anzutreffen waren, während in der Tenne eher die Musik für die „reifere Jugend" gespielt wurde und auch ein vollkommen anderes Ambiente war als im „Club Optik". Er ging auch regelmäßig ins „Blaue Haus" oder in den „Pinkus Müller", beides urige Kneipen mit damals „Studenten- und Hippieflair". Lothar trank gerne „Altbierbowle", am liebsten mit Erdbeeren.

Ende März 1972 traten die Verantwortlichen der „Landespolizeischule Carl Severing" an Lothar heran mit der Aufforderung seine Ausbildung abzubrechen und die Landespolizeischule „freiwillig", also „auf eigenen Wunsch" zu verlassen. Seine Gesamtnote lag bei 3,4 aber das reichte offenbar nicht. Es wurde bis zum Ende des einjährigen Grundlehrganges eine Gesamtnote von „Gut"(gut war bis 2,45) vorausgesetzt.

Da Lothar am 08. April 1972 achtzehn Jahre alt wurde, konnte er den Vertrag, ohne Einverständnis seiner Eltern, zum 30. April 1972 auflösen lassen und „auf eigenen Wunsch" die Polizei wieder verlassen, er war ja jetzt volljährig, und so machte er es dann auch, und am 01. Mai 1972 war er wieder bei seinen Eltern in Rhede, aber nur kurz, denn sein Vater schmiss ihn gleich raus, und so wohnte Lothar fortan bei seiner schizophrenen Oma, die gewährte ihm nämlich Wohn- und Schlafrecht.

7

Nachdem er bei seiner Oma eingezogen war suchte sich Lothar eine Arbeit und die fand er bei „Hammersen" in Bocholt, einer großen Textilfabrik. Er arbeitete dort als Hilfsarbeiter, meist im Lager für Garnkisten an der Hülsenreinigungsmaschine. Für viele Arbeiten konnten sie Lothar nicht gebrauchen, zum Beispiel in der Spinnerei, da er davon keine Ahnung hatte. Er verdiente, für die Tätigkeit, nicht schlecht und arbeitete dort von Anfang Mai bis Mitte Juli. In dieser Zeit reifte sein Entschluss irgendeine Form von „Abitur" machen zu wollen, und so meldete er sich in Borken an der FOS für Sozialpädagogik und Sozialarbeit an. In der FOS 11 musste man gleichzeitig zur Schule(zweimal wöchentlich) ein einjähriges Praktikum machen, und er hatte Glück, er fand ab 01. August 1972 einen Praktikumsplatz im Kinderheim Gemen, das zu den „Handorfer Anstalten" gehörte. Das Kinderheim beherbergte und betreute milieugeschädigte und verhaltensgestörte Kinder und Jugendliche im Alter von 5 – 18 Jahren. Lothar erhielt innerhalb kürzester Zeit seinen Praktikantenvertrag, da sie dringend Personal suchten. Es gab auch eine monatliche Praktikantenvergütung. Anfangs 560.- DM monatlich, später wurde sogar auf 590.- DM erhöht. Nach sieben Monaten hatten die „Handorfer

Anstalten" die Praktikantenvergütung dann allerdings ersatzlos gestrichen, da sie der Ansicht waren, alle Praktikanten sollten Bafög beantragen.

Lothar hatte inzwischen Angelika kennengelernt, doch nach einigen Treffen entschied sie sich auf einem Schützenfest in Büngern, auf dem auch Klaus anwesend war, fortan lieber mit ihm zu „gehen". Klaus hatte jetzt also nicht mehr die Renate vom Bauernhof sondern die Angelika aus Bocholt zur Freundin. Lothar störte das nicht sonderlich. Klaus war weiter sein Freund und so fuhren sie im Juli, kurz bevor Lothar im Kinderheim Gemen anfing, noch einmal mit dem Zug und dann mit der Fähre von Harlingen für eine Woche nach Terschelling. Die Stimmung in Holland hatte sich, verglichen mit 1970, spürbar gedreht, so wurden sie zum Beispiel von einem älteren Mann im Zug als „scheiße poep, scheiße Deutsche" beschimpft. Auch auf Terschelling war die Stimmung inzwischen frostiger, der „Geist von Woodstock" hatte sich fast überall verzogen, trotzdem gingen sie mit ihrem Zweimannzelt wieder auf den alten Campingplatz in Midsland, und „Bar Dancing Wyb" und „Bar Dancing Actania" in den Dünen waren immer noch ganz die Alten, auch vom Publikum her, und so wurde im Meer gebadet und eine Woche kräftig gefeiert. Dieses Mal war Rudolf aus Bocholt mit dabei, ein kleiner schmächtiger Mann mit Sprachfehler und dicker Brille, man könnte ihn vom Aussehen vielleicht mit „Stanley Beamish"(„Immer wenn er Pillen nahm") vergleichen. Dieser sehr unselbständige und umständliche Frauenschreck hatte ein eigenes Zelt und war immer auf der Suche nach „Meisjes", die kamen aber nicht zu ihm, so sehr er sich auch anstrengte. Rudolf wollte beim Trinken immer mithalten, insbesondere wenn Klaus und Lothar sich noch ein oder zwei „Bessen Genever"(roter Beerenschnaps) in ihr „Grolsch"(holländisches Bier) gossen. Klaus hatte den Rudolf eingeladen, er war ein Arbeitskollege bei „Behnen", und sorgte auch immer dafür das Rudolf kräftig „Grolsch" mit „Bessen Genever" trank, bis er vor die Tür ging und kotzen musste. Dann war für Rudolf der Abend beendet und er wankte zurück zum Campingplatz. Klaus brauchte immer einen den er ärgern konnte, und da ihm das bei Lothar fast nie gelang, hatte er diesmal den Rudolf mitgenommen. Der Rudolf sorgte auch sonst für Unterhaltung, da er jeden anquatschte, und mehrmals die irresten Leute mit zum Zelt brachte. Nach einer Woche mit Rudolf war allerdings der Bedarf restlos gedeckt und Klaus und Lothar waren nicht traurig, als sie wieder die Heimreise antreten konnten.

August 1972. Ein wichtiges Kapitel seines Lebens, vielleicht sogar das wichtigste überhaupt, hatte für Lothar begonnen. Seit 01. August 1972 war Lothar Praktikant im Kinderheim Gemen und gleichzeitig Schüler der FOS 11, er war in der Oberstufe, an deren Ende nach erfolgreicher Absolvierung der FOS 12 und der bestandenen

Abschlussprüfung(fünf Tage Klausuren in Deutsch, Englisch, Mathematik und zwei fachspezifische Klausuren) die Fachhochschulreife verliehen wurde.

Lothar sollte im Kinderheim Gemen im Gruppendienst, in der Vormittagsbereitschaft und in der Nachtbereitschaft eingesetzt werden, also in allen Diensten die die anderen MitarbeiterInnen auch hatten. Das Kinderheim war gegliedert in drei Wohngruppen in denen neben mehreren Erzieher-/Kindergärtner-/Kinderpflegerinnen jeweils auch ein Praktikant arbeitete. Lothar arbeitete in Gruppe zwei. Die Stimmung im Haus war nicht angespannt, Lothar hatte von Anfang an den Eindruck dass hier aufgeschlossene „progressive" Leute arbeiteten. Dieser Eindruck wurde noch verstärkt als er nach einer ausgiebigen Vorstellungsrunde bei den Kindern und Jugendlichen, quasi einer großen Runde durch das Haus, eine Pause hatte und in den Garten ging um sich eine Zigarette zu drehen, Lothar rauchte damals „Drum" Tabak. Der Garten war eine große Außenfläche der Villa mit Anbau für die Gruppen eins und zwei, die Gruppe drei war in der großen Villa untergebracht. Der Garten war gesäumt von hohen Büschen und alten Bäumen und in ihm waren keine Blumen- und Gemüsebeete angelegt sondern eine große Spielfläche mit Spielgeräten und einem dicken langen Baumstamm, und auf dem Baumstamm saß auch ein FOS 11 Praktikant der an diesem Tag in Gruppe 3 angefangen hatte und auch gerade eine Pause machte und sich eine Zigarette drehte. Der kräftige mittelgroße langhaarige Mann rauchte „Samson" und begrüßte Lothar freundlich „Hallo, ich bin der Thomas" und Lothar setzte sich neben ihn, begrüßte ihn ebenso freundlich und sagte dass er der Lothar sei. Sie rauchten und erzählten ein bisschen über sich, ein erstes „Beschnuppern". Nach der Zigarette ging der Thomas wieder rein und Lothar hatte auch aufgeraucht und ging zurück in Gruppe zwei.

Als zukünftige Wohnung, Lothar wohnte im Haus, diente ein großer Raum im Dachgeschoß in dem noch ein zweiter Praktikant wohnte, der in Gruppe eins arbeitete, er hieß Klaus, also Klaus 3. Offenbar arbeitete Klaus 3 schon länger im Kinderheim, den Grund teilte er Lothar nie mit, er hörte auch Ende 1972 auf, vermutlich war er gar kein FOS 11 Praktikant oder er hatte die Schule „hingeschmissen" und machte ab Ende 1972 etwas anderes. Klaus 3 lernte Lothar erst abends nach dem Ende seines ersten Arbeitstages kennen, er war ein humorvoller langhaariger Typ, fast so groß wie Lothar, der Lothar in „seinem" Zimmer herzlich willkommen hieß. In dem Zimmer stand noch eine freie Bettcouch für Lothar, Klaus 3 schlief auf Matratzen auf dem Boden, und der große Wandschrank war durch eine Tür begehbar. In diesem Schrank hatten auch Lothars Sachen leicht noch Platz. Mit Klaus 3 verstand sich Lothar ausgezeichnet und sie unternahmen auch in ihrer Freizeit einiges gemeinsam. Klaus 3 war vom

„Outfit" und vom Denken „progressiv", ein echter Hippie, seine Arbeitsweise war offen und zugewandt, ähnlich arbeiteten auch Lothar und Thomas.

In Gruppe zwei arbeiteten eine Gruppenleiterin, die Gerlinde, sie kam wie Lothar auch aus Rhede und war Kindergärtnerin, die Karin und die Gabi, beide waren Kinderpflegerinnen, die wohl deshalb im Heim arbeiteten weil man dort deutlich besser bezahlt wurde als im Kindergarten.

In Gruppe eins arbeiteten eine Gruppenleiterin, die „Tante Hilde", über ihre Ausbildung wurde viel spekuliert, wahrscheinlich Kinderpflegerin oder auch gar nichts, die in einer kleinen Wohnung in der Gruppe wohnte, die Anette und Klaus 3, offensichtlich war Gruppe eins personell unterbesetzt.

In Gruppe drei arbeiteten eine ältere Kindergärtnerin, die Frau Doelle, schon deutlich über fünfzig, sie arbeitete nur in der Vormittagsbereitschaft, eine schrille laute etwas übergewichtige nicht besonders hübsche mittelalte Kindergärtnerin mit einem absolut autoritären Erziehungsstil, ihr Mann war Hauptmann bei der Bundeswehr in Borken, Frau Haupts, die Christa, eine Kindergärtnerin, hübsch groß rothaarig mit absolut antiautoritärem Erziehungsstil, eine echte Hippiefrau, und Thomas. Frau Haupts sollte später noch Heimleiterin werden nachdem sie mit Unterstützung ihres Mannes den Heimleiter, einen

Sozialpädagogen im Anerkennungsjahr, Herrn Dessauer, rausgemobbt hatte, für vier Wochen war zwischenzeitlich auch noch „Tante Hilde" kommissarische Heimleiterin, der Job war aber deutlich zu groß für sie, „Tante Hilde" war ein einfaches liebes Mütterchen, schon deutlich über fünfzig, ohne Ecken und Kanten. Herr Dessauer wohnte in der Gruppenleiterwohnung in Gruppe 2 und das restliche Personal, z.B. Hauswirtschaft /Küche, wohnte in der Villa, die Küchenleiterin wohnte in der eigentlichen Heimleiterwohnung mit ihrer Familie im ersten Stock, und im Dachgeschoß war die Personaletage für das restliche Personal.

„Die „Handorfer Anstalten", wie sie im Volksmund hießen hatten natürlich auch einen richtigen Namen, das waren die „EV. DIASPORA – ANSTALTEN DES MÜNSTERLANDES, Handorf" und das „Kinderheim Gemen", wie es im Volksmund hieß, hatte den Namen „Matthias Claudius Heim, Evangelisches Kinderheim".

Lothar arbeitete sich gut ein und zu Thomas entwickelte sich eine Freundschaft. Lothar ging abends öfter mit Thomas in einschlägige Borkener Szenekneipen, wozu damals auch die „Plempe" und „Daffis Pinte" in Heiden gehörten. Auch war Lothar inzwischen öfter in Thomas Elternhaus in Borken, es lebte nur noch die Mutter, der Vater war verstorben. Thomas hatte drei Brüder, den Georg der damals fünfzehn war, den Harry der schon in die Volksschule ging und den Winfried der erst vier

Jahre alt war und noch im Schlafzimmer der Mutter schlief. Thomas Mutter besaß in Borken ein Einfamilienhaus, ein Reihenhaus mit Garten. Dort trafen sich an Wochenenden im Wohnzimmer und im Keller, Thomas hatte dort eine Art „Beatkeller" mit Matratzen als Sitzgelegenheiten eingerichtet, eine Menge seiner Freundinnen und Freunde, und so lernte Lothar schnell Thomas Bekanntenkreis kennen. Lothar brachte einige Male Klaus mit, der dann immer „Schlapp den Hut" spielen wollte, ein Flaschendreh- und Ausziehspiel, bei dem irgendwann alle mehr oder minder nackt dasitzen, fortan hieß Klaus bei Thomas nur noch „Schlapp".

Die Treffen mit Klaus waren deutlich seltener geworden. Lothar wohnte jetzt im Kinderheim und war häufiger mit HeimmitarbeiterInnen und mit Thomas unterwegs. Auch trank Lothar deutlich weniger als wenn er früher mit Klaus unterwegs gewesen war.

Im Herbst machte Lothar den Autoführerschein, fiel aber durch die praktische Prüfung, die er dann im Dezember 1972 erfolgreich wiederholte, so dass er erst im Dezember den Autoführerschein Klasse drei hatte. Er fuhr allerdings schon vorher, „schwarz", mit Gerlindes altem blauen VW Käfer. Gerlinde hatte „ein Auge" auf Lothar geworfen, sie hätte ihn gerne als Freund gehabt, und daher durfte Lothar, auch ohne Führerschein, gelegentlich mit ihrem Auto fahren. Der blaue Käfer mit Schiebedach diente im Sommer immer als „Taxi", für mindestens acht Kinder gleichzeitig und Klaus 3 und Lothar, Gerlinde saß am Steuer, zum Borkener Schwimmbad. Klaus 3 stand dann immer irgendwie noch auf dem Beifahrersitz und schaute durchs Schiebedach raus und Lothar war zwischen den vielen Kindern hinten eingequetscht. Der Käfer war ja dafür bekannt dass im Extremfall unheimlich viele Leute hineinpassten.

Im September 1972 lernte Lothar im Keller des Jugendheims Weseke, einem Nachbarort von Borken, der Keller war zu einer Art Kneipe mit Tanzfläche umgebaut worden, ein Jugendtreff, die Alice kennen. Es hatte auf Anhieb „gefunkt" zwischen den Beiden und Alice wurde nach einigen kurzfristigen weiteren Treffen Lothars Freundin. Alice war ein Jahr jünger als Lothar und besuchte noch das Gymnasium in Borken, hatte aber mit Siebzehn immer noch keine mittlere Reife. Sie las Jean Paul Sartre und gab sich auch sonst einen eher intellektuellen Anstrich. Alice hatte blonde lange Haare, eine super Figur, die besonders durch die Miniröcke die damals getragen wurden zum Ausdruck kam, sie war also hübsch. Mit Alice hatte Lothar im Kinderheim, inzwischen bewohnte er, nach wenigen Wochen mit Klaus 3 in einem Zimmer, ein eigenes großes Zimmer, den ersten Sex. Sie waren beide noch „Jungfrau" und entsprechend empfanden sie das auch als etwas ganz Besonderes. Alice blieb dann gleich eine Woche bei Lothar im Kinderheimzimmer und hatte sich weder zu Hause noch in der Schule abgemeldet. Lothar versorgte sie über die Kinderheimküche mit. Nach einer Woche kam dann Alices Mutter mit Alices Onkel, also dem Bruder der Mutter, ins Kinderheim und holte unter lautem Getöse Alice ab, Lothar saß bei dieser Gelegenheit nackt im Kleiderschrank, wohin er sich geflüchtet hatte, als die beiden unter lautem Schimpfen an seine Zimmertür hämmerten. Die Mutter fragte natürlich gleich wo Lothar sei und öffnete die Kleiderschranktür, sie kannte sich offenbar noch aus ihrer eigenen Jugend aus. Damit hatte Lothar bei Alices Eltern nicht gerade einen „Stein im Brett", und Alice wurde von ihren Eltern, vorerst, Alice war ja noch keine Achtzehn, der Kontakt zu Lothar untersagt.

Im Dezember hatte Lothar den Autoführerschein, er hatte inzwischen auch durchgesetzt dass im Keller des Kinderheims ein „Beatkeller" mit Musikanlage eingerichtet wurde in dem sich fortan die älteren Kinder mit ihren Freunden gerne aufhielten und in dem auch einige Partys vom Personal gefeiert wurden. Alice war Achtzehn geworden, und ihre Eltern hatten Lothar „verziehen", der regelmäßige Kontakt zu Alice war also wiederhergestellt.

Im gleichen Monat, kurz vor Weihnachten, brachte Lothar nach einer Party im Kinderheim mit Klaus Auto, einem NSU 1200, Alice, Klaus 2 und Hans nach Hause, etwa in Höhe eines Waldes kurz vor Weseke kamen sie mit dem Auto auf Glatteis ins Schleudern und prallten mit voller Geschwindigkeit rückwärts auf einen Begrenzungsstein, so dass der Motor, das Autor hatte einen Heckmotor, herausgerissen wurde, das Auto hatte einen Totalschaden, sonst war aber niemandem, von einigen Prellungen abgesehen, ernsthaft etwas passiert. Sie liefen danach in den Ortskern von Weseke, wo wegen einer Feier um vier Uhr morgens noch eine Kneipe geöffnet hatte, tranken dort erst einmal einige Biere, Hans und Klaus 2 fuhren dann von dort mit einem Taxi nach Oeding, und Lothar brachte Alice heim und durfte dort die restliche Nacht bis zum Frühstück auf dem Sofa im Wohnzimmer übernachten. Frühstück gabs um halb neun. Lothar fuhr dann nach dem Frühstück mit Alice mit einem Taxi zum Kinderheim zurück und eröffnete Klaus, der schon unruhig wartete, die schlechte Nachricht von seinem kaputten Auto. Angelika und Klaus fuhren dann mit dem Bus nach Rhede und Klaus eröffnete seinen Eltern dass sein Auto einen Totalschaden hatte. Es war Sonntag. Am Montag holte dann die Rheder Autofirma „NSU Heuser" das Schrottauto von dem Waldstück bei Weseke ab, und Lothar musste in den kommenden Tagen den Schaden bezahlen, wovon seine Eltern überhaupt nicht begeistert waren. Sein Vater sagte nicht viel und seine Mutter meinte dass er ja noch achttausendzweihundert DM auf seinem Sparbuch hatte. Von diesen bezahlte Lothar viertausendsiebenhundert DM an Klaus für sein kaputtes Auto, damals ein stolzer Preis, und Klaus kaufte sich danach bei „NSU Heuser" in Rhede einen relativ neuen „NSU TT", eine echte Rakete. Auch Lothar kaufte sich ein Auto, einen gebrauchten „Opel Kadett B" mit zwei Jahren TÜV, für zweitausendvierhundert DM, bei einem Gebrauchtwagenhändler in Rhede. Damit waren nach dem Unfall jetzt beide mobil, Klaus und Lothar.

Für Lothar und seine Freundin Alice hatte diese neue Mobilität zur Folge dass sie an verschiedensten Orten, sie gingen damals viel fort, Sex im Auto hatten oder irgendwohin fuhren wo sie Sex haben(Spaziergänge im Wald, usw.) konnten, ohne direkt beobachtet zu werden. Der viele Sex und das viele gemeinsame Ausgehen drückten auf Lothars schulische Leistungen, im Kinderheim machte er weiterhin seine Arbeit zur vollsten Zufriedenheit der Kinder und seiner Kolleginnen. Das Halbjahreszeugnis der FOS 11 vom 31. Januar 1973 war daher entsprechend mies, fünf in Deutsch und Englisch, mit zwei fünfen wäre er Ende des Schuljahres nicht in die FOS 12 versetzt worden, Lothar strengte sich also an und erreichte bis zum Ende des Schuljahres, bis zum 14. Juni 1973, ein leicht überdurchschnittliches Zeugnis ohne fünfen. Das Praktikum hatte er „mit Erfolg" abgeleistet, hatte ihm Frau Haupts bereits am 04. Mai 1973 bestätigt, Frau Haupts war inzwischen Heimleiterin geworden, und lehnte sowohl seinen, sehr erfolgreichen, Arbeitsstil, als auch die Person Lothar kategorisch ab. Sie hatte ihn daher für die restlichen Wochen bis zum Schuljahresende „beurlaubt" und Lothar verließ daraufhin das Kinderheim in Richtung Oma in Rhede. Sein Praktikum im Kinderheim wurde vom „Praktikantenausschuß beim Regierungspräsidenten Münster" am 14. Dezember 1973 anerkannt, was erforderlich war für eine erfolgreiche Fortsetzung der Schulzeit in FOS 12.

Im Frühjahr 1973, zu Karneval, lernte Thomas in der „Plempe" in Borken auf einer ausgelassenen Karnevalsfeier, auf der auch Lothar war, die Mechthild kennen, mit der er dauerhaft zusammen bleiben sollte und die er viele Jahre später, im Sommer 1983, in der Klosterkirche in Burlo heiratete.

Im Sommer 1973 wurde Alice schwanger. Sie hatte das Gymnasium in Borken inzwischen ohne mittlere Reife verlassen und machte eine Ausbildung zur Zahnarzthelferin.

Lothar fuhr in den Sommerferien noch einmal mit Klaus und Angelika im „NSU TT" nach Terschelling. Sie zelteten wieder auf ihrem alten Campingplatz in Midsland, Lothar hatte ein eigenes Zelt mitgebracht. Lothar blieb nur eine Woche, Klaus und Angelika zwei Wochen, und ließ das Zelt stehen als er zurückfuhr, es war schon alt und brüchig.

8

Das Schuljahr 1973 – 1974 lief für Lothar gut. Er gab richtig Gas und konnte ein deutlich überdurchschnittliches Halbjahreszeugnis im Frühjahr 1974 erreichen. Alice hatte inzwischen eine Totgeburt hinter sich. Auf die Schwangerschaft hatten weder Lothars noch Alices Eltern in irgendeiner Form reagiert. Lothar arbeitete seit Oktober 1973 nebenbei regelmäßig als Lagerarbeiter in der Spedition „Feldberg" in Bocholt. Der Job drückte nicht auf seine Noten, im Gegenteil, die wurden im zweiten Halbjahr 1974 sogar noch besser. Lothar war in dieser Zeit häufiger, auch zum Lernen, bei Thomas in Borken. Beide waren guter Dinge dass sie die Abschlussprüfung schaffen würden. Lothar und Alice gingen nach der Fehlgeburt nicht mehr so häufig gemeinsam aus. Alice hatte noch eine ältere und eine ein Jahr jüngere Schwester und einen jüngeren Bruder. Mit der jüngeren Schwester ging sie jetzt häufiger ohne Lothar in die Diskothek „Laterna" in Ramsdorf zum Tanzen, vermutlich um einen neuen Freund kennenzulernen. Der Kontakt zu Klaus in Rhede war weitgehend abgerissen. Im Sommer 1974 bestanden dann Thomas und Lothar die Abschlussprüfung an der FOS in Borken. Thomas und Lothar hatten ähnlich gute Ergebnisse erzielt. Lothar hatte ein Ergebnis der Abschlussprüfung von 2,6 erzielt und eine Gesamtzeugnisnote von 2,3. Damit konnte er zufrieden sein. Lothars Vater fuhr seit einigen Jahren einen „VW 1302". Dieses Auto hatte er dagegen gewettet dass Lothar die Prüfung schaffen würde, ein höchst merkwürdiges Verhalten eines Vaters, zumal ja die Richtung schon im Halbjahreszeugnis deutlich erkennbar war. Lothar konnte also den inzwischen ziemlich maroden „Opel Kadett B" für wenig Geld an einen Autoverwerter verkaufen und hatte jetzt einen gut erhaltenen „VW 1302". Die bestandene Abschlussprüfung wurde kräftig gefeiert und nach den vielen Partys machte Lothar ein Praktikum in „Haus Tenking", einer Wohn- und Betreuungsstätte für psychisch kranke Männer, die Arbeit bei „Feldberg" hatte er inzwischen aufgegeben. Während dieses Praktikums gab ihm der Heimleiter von „Haus Tenking" die Adresse einer befreundeten Schulleiterin der „Krankenpflegeschule am Ferdinand-Sauerbruch Klinikum" in Wuppertal. Lothar bewarb sich dann dort um einen Ausbildungsplatz zur Ausbildung als Krankenpfleger und wurde auch angenommen. Der Ausbildungsbeginn wurde für den 01. April 1976 festgelegt, da Lothar und Thomas nach der Musterung zum 01. Oktober 1974 zum 15-monatigen Grundwehrdienst zur Bundeswehr mussten, Lothar hatte noch versucht den

„Kriegsdienst mit der Waffe" zu verweigern, aber ohne Erfolg.

Die Beziehung zu Alice bestand noch aber es war insgesamt nicht mehr so wie vor der Fehlgeburt. Sie waren an den Wochenenden noch häufiger bei der Oma und hatten im Wohnzimmer Sex, danach gingen sie meistens noch in Bocholt aus und trafen auch gelegentlich Klaus und Angelika, auch in Borken waren sie gemeinsam häufiger im Elternhaus von Thomas bei Thomas und Mechtild. Lothar trank fast gar nichts mehr, aber er rauchte noch.

Am 01. Oktober 1974 mussten Thomas und Lothar dann zum Grundwehrdienst. Die sechswöchige Grundausbildung absolvierten sie gemeinsam bei den Panzergrenadieren in „Munster-Lager". Danach trennten sich ihre Wege. Thomas kam zu einer Panzereinheit in der Nähe von Münster und Lothar kam zur Raketenartillerie nach Dörverden bei Verden an der Aller. Sie hatten dort die auch atomar bestückbare Kurz- und Mittelstreckenrakete „Honest John" an der sie ausgebildet wurden und mit der sie auch eine Vielzahl von Übungen in den umliegenden Wäldern der Lüneburger Heide absolvierten. Die Rakete konnte von einem „Werfer" abgeschossen werden. Zusätzlich benötigte man einen Kranlaster, einen Transportlaster und viele andere Fahrzeuge und Anhänger(„Feuerleitfahrzeug", Fernmelder, Boden-windmessung, u.a.), meist waren diese zusätzlich erforderlichen Dienste mit „Unimogs" unterwegs. In der Kaserne wurde viel gesoffen. Da gab es jeden Tag von neun Uhr bis zwanzig nach neun die sogenannte „Nato Pause". In dieser Zeit saß man in der Kantine und versuchte so viel Bier zu trinken wie in dieser Zeit reinpasste. Schnaps gabs in der Kantine keinen. Auch die Abende wurden für Ausflüge nach Verden oder nach Bremen, zum Beispiel ins „Steintorviertel", wo die ganzen ausgeflippten Kneipen und Diskotheken waren, zum Beispiel die „Lila Eule", das „Litfass", der „Römer" oder die „Studentenbuden", genutzt, und es wurde immer viel getrunken, meist trank auch der Fahrer kräftig mit. In dieser Zeit lernte Lothar den Theo aus Groß Reken kennen. Sie wurden Freunde und unternahmen abends immer viel gemeinsam. Der Kontakt zu Alice an den Wochenenden, wenn Lothar keine Wache hatte und mit Theo nach Hause fahren konnte, Theo hatte in Dörverden immer sein Auto dabei, wurde deutlich seltener. Alice war häufig mit ihrer jüngeren Schwester, und Lothar war mit Theo in Reken, Borken, Rhede oder Bocholt, unterwegs. In Rhede hatte eine neue Kneipe aufgemacht, dort gab es auch Life Konzerte, das „New Orleans".

Während seiner Bundeswehrzeit hatte Lothar im Sommer 1975 noch eine zweite Verhandlung zur Anerkennung als Kriegsdienstverweigerer in Münster, die erste war beim Kreiswehrersatzamt in Coesfeld, aber auch diese Verhandlung verlief für Lothar erfolglos, er wurde erst 1980, er hatte aus

Prinzip auch nach der Bundeswehr noch eine Verhandlung angestrengt, als Kriegsdienstverweigerer anerkannt.

Theo und Lothar waren keine „guten Soldaten". Sie waren gegen Ende ihrer Dienstzeit durch bundeswehrärztliche Atteste fast von allen Diensten befreit und mussten, obwohl andere bereits zwei Wochen eher entlassen wurden, ihren Grundwehrdienst genau bis zum 31. Dezember 1975 in Dörverden ableisten. Dann konnten auch sie endlich gehen. Theo und Lothar wurden als „Gefreite" entlassen. Sie wurden nie zu einer „Reserveübung" eingezogen.

Lothar hatte im Herbst 1975 von der ZVS einen Studienplatz für Sozialarbeit an der Fachhochschule Düsseldorf erhalten. Als er das seinen Eltern sagte, die hätten ihn ja finanziell unterstützen müssen, und er wäre acht Wochen eher von der Bundeswehr entlassen worden, sagte sein Vater nur: „Ich bezahl doch keine Pleite", damit war der Fall für seine Eltern erledigt, und für Lothar war klar dass er Krankenpfleger wurde und danach sein berufsbegleitendes Studium selber finanzierte. Seine Eltern waren jedenfalls für Lothar endgültig „untendurch".

Nach einigen kräftigen Feiern dass sie die Bundeswehrzeit endlich geschafft hatten, Klaus hatte man nach drei Monaten wegen „psychischer Störungen" schon wieder entlassen, kehrte wieder Ruhe ein. Theo ging wieder als Anstreicher arbeiten,

Lothar hatte sich bis zum 31. März 1976 arbeitslos gemeldet und erhielt eine geringe Arbeitslosenhilfe, Klaus war längst schon wieder bei „Behnen" in Bocholt, und Thomas studierte im ersten Semester Sozialarbeit an der „Universität Gesamthochschule Siegen". Alice sah Lothar nur noch an Wochenenden, da sie ja während der Woche als Zahnarzthelferin arbeitete und abends anderweitig zu tun hatte, aber auch diese Wochenendtreffen wurden immer seltener, Alice ging lieber mit ihrer jüngeren Schwester „fort". Nach der Bundeswehrzeit meldete Lothar den „VW 1302" an. Gelegentlich fuhr auch Alice damit, die inzwischen den Führerschein hatte. Wenn Alice an Wochenenden nicht kam zog Lothar mit Theo durch die Kneipen, oft war auch Klaus mit von der Partie, die Beziehung zu seiner Angelika hatte sich inzwischen auch merklich abgekühlt.

Am 01. April 1976 begann Lothar im „Ferdinand-Sauerbruch Klinikum" in Wuppertal seine Ausbildung zum Krankenpfleger. Die Schulleitung hatte inzwischen gewechselt, aber das tat der Sache keinen Abbruch, Lothar hatte ja einen unterschriebenen Ausbildungsvertrag. Lothar erhielt im Schülerwohnheim ein vorläufiges Zimmer. Nach dem sechswöchigen „Einführungsblock"(Theorie) erhielt er dann sein endgültiges Zimmer für die drei Jahre, es musste noch renoviert werden. Als Klassenleiterin bekamen sie Gertrud Stöcker, eine gutaussehende intelligente Unterrichtsschwester in ihren besten Jahren, die über ein unwahrscheinliches Fachwissen verfügte. Sie hatte auch den untrüglichen Blick dafür wer für die Ausbildung geeignet war und wer lieber wieder gehen sollte. Gertrud Stöcker war ein humorvoller Mensch, und sie war stets auf Seiten der SchülerInnen und war gerecht. Später erhielt sie für ihren Einsatz(in leitender Funktion beim MDS, u.a.) für die Ausbildung und Bildung in der Pflege verschiedene Auszeichnungen, unter anderem das Bundesverdienstkreuz.

Alice besuchte Lothar in Wuppertal während des „Einführungsblock" nur ein einziges Mal. Er hatte ihr seinen „VW 1302" zur Nutzung zur Verfügung gestellt und mit dem kam sie dann auch. Sie hielt sich nicht lange in Wuppertal auf. Sein vorläufiges Wohnheimzimmer bereitete ihr sichtliches Unwohlsein und in diesem Zimmer in Wuppertal übernachten wollte sie nicht. Der Besuch dauerte nicht länger als zwei Stunden, dann fuhr sie mit Lothars Auto wieder nach Weseke. Es war das letzte Mal das Alice Lothar besuchte.

Am 30. April 1976 war in der Nähe von Bocholt „Tanz in den Mai". Klaus hatte ihn eingeladen, und Lothar reiste mit Zug und Bus nach Rhede zu seiner Oma, und da holte ihn Klaus dann ab, die Beziehung mit Angelika war beendet. Sie feierten auf der Tanzveranstaltung kräftig, Lothar hatte sich eine schicke Hose, dazu einen Blazer, ein schickes Hemd und schicke Schuhe angezogen und auch Klaus hatte sich entsprechend herausgeputzt. So kam es wie es kommen musste dass sie schon bald zwei hübsche junge Damen kennenlernten, sie kannten beide vom Ansehen aus Bocholt. Sie tanzten und feierten(tranken) zusammen, es kam auch zu Zärtlichkeiten, bis in den frühen Morgen, und dann verabredeten sie sich. Die Frau die Lothar kennengelernt hatte flog am zweiten Mai für zwei Wochen nach Kreta. Danach wollte sie ihn in Wuppertal besuchen. Klaus und Lothar verblieben also so, dass sie sich alle in drei Wochen am Wochenende bei Lothar in Wuppertal treffen wollten. Lothar hatte dann auch schon sein großes frisch renoviertes und neu möbliertes Wohnheimzimmer.

Mit Alice war die gemeinsame Zeit zu Ende. Lothar fuhr am 01. Mai 1976, nachmittags, er hatte sich noch nicht umgezogen, gemeinsam mit Klaus mit einem Taxi nach Weseke zu Alices Elternhaus, klingelte, ging aber nicht mit ins Haus, sondern verlangte von Alice nur seinen Autoschlüssel, den sie erstaunlicher Weise bereits in der Hand hielt. Ihre jüngere Schwester stand mit im Hauseingang und fragte Alice wie sie denn dann abends zur Diskothek „Laterna" in Ramsdorf kommen sollten. Darauf antwortete Alice aber nicht. Klaus hielt sich im Hintergrund und sagte keinen Ton. Alice schaute sehr ernst und sagte ebenfalls keinen Ton. Sie gab Lothar wortlos den Autoschlüssel, und dann stiegen Klaus und Lothar in den Käfer, der in der Einfahrt stand, und brausten davon. „Das wars" sagte Lothar dann noch zu Klaus zu diesem Vorfall im Auto, mehr nicht. Es war von ihrer Beziehung nicht mehr übriggeblieben als ein Autoschlüssel und ein stummer Blick. Verdammt wenig. Lothar hatte danach von Alice nie wieder etwas gehört. Da der 01. Mai 1976 ein Samstag war trafen sich die neu kennengelernten Frauen und Klaus und Lothar alle abends in Bocholt im „Studio B" und feierten gemeinsam den ersten Mai. Am nächsten Tag war Sonntag und der Flieger ging von Düsseldorf nach Kreta. Lothar fuhr an diesem Tag wieder zurück nach Wuppertal. Der Einführungsblock dauerte nur noch bis Freitag der nächsten Woche und dann feierte der ganze Kurs mit Gertrud Stöcker und den anderen Dozenten eine Abschlussparty im Veranstaltungsraum des Schülerwohnheims. Auf der Abschlussparty kamen sich die Marion und der Lothar näher. Sie wurden aber kein Paar, nur ein kurzes Aufblinken, sonst nichts.

Nach dem „Einführungsblock" arbeiteten alle ab Montag auf ihrer ersten Station. Lothar begann seinen Dienst in der Hautklinik auf der Station von Schwester Ursula, einer älteren mütterlichen Krankenschwester mit einer nicht ehelichen jugendlichen Tochter. Die Stationsschwester Ursula gab Lothar in die Obhut von „Poldi"(Leopoldine), einer österreichischen Krankenpflegehelferin, die aber alle Arbeiten einer Krankenschwester verrichtete. „Poldi" zeigte ihm die Station(den

„Schmierraum", den Operationssaal, u.a.) und nahm ihn bei allen anfallenden Arbeiten mit. Der erste Eindruck ist ja immer der entscheidende und bei Schwester Ursula und bei „Poldi" hatte Lothar von Anfang an einen guten Eindruck hinterlassen. Dieser positive Eindruck verstärkte sich noch als Lothar in den kommenden Wochen immer mehr selbständige Arbeiten durchführen durfte. Lothar hatte eine schnelle Auffassungsgabe und erledigte alle Arbeiten sorgfältig und zur vollsten Zufriedenheit aller PatientInnen und zur vollsten Zufriedenheit von Stationsschwester Ursula. Lothar wurde im Früh- und Spätdienst eingesetzt. Nach einem halben Jahr war Lothars Zeit auf der Station rum und er kam auf die nächste Station. Schwester Ursula und „Poldi" wollten Lothar eigentlich gar nicht gehen lassen, so gut hatte er gearbeitet.

Lothar hatte in der Hautklinik einen ausgezeichneten Einstieg gehabt und dieser positive Trend setzte sich weitgehend auch auf den anderen Stationen fort, auf denen Lothar eingesetzt wurde. Er war im Verlauf der Ausbildungsjahre auf chirurgischen Stationen, auf der chirurgischen Wachstation, im OP, zum „Außeneinsatz" für sechs Wochen im „Wachsaal" der Psychiatrie im Klinikum Barmen, und auf zwei internistischen Stationen eingesetzt, von denen die letzte Station eine Stoffwechselstation mit „Komazimmer" war. Auf der letzten Station bei Stationsschwester Helga blieb Lothar bis zum Examen etwa ein Jahr und machte dort auch seine 24-Stunden Wache bei einer diabetischen Komapatientin. Über diese 24-Stundenwache musste er einen Bericht schreiben der benotet wurde. Schwester Helga war ein ähnlich mütterlicher Typ wie Schwester Ursula und mochte Lothar sehr. Sie schätzte seine Einsatzbereitschaft, seinen fürsorglichen Umgang mit den PatientInnen, seine große verantwortungsbewusste Selbständigkeit und seine ausgezeichnete Arbeit. Auch bei den anderen KollegInnen auf der Station und bei den Ärzten war Lothar sehr beliebt.

Klaus und Lothars „neue Freundin" waren nach dem „Einführungsblock" am übernächsten Wochenende gekommen. Sie feierten am Freitagabend eine kleine Party beim Kurskollegen Dieter in seiner Eigentumswohnung in Wuppertal-Kronenberg. Die „neue Freundin" schlief danach bei Lothar im Wohnheimzimmer und Klaus und die Anderen übernachteten beim Dieter. Am nächsten Tag kamen alle gegen Mittag zu Lothar. Sie gingen noch zum Essen in Wuppertal und danach verabschiedeten sich Lothars „neue Freundin", Klaus und die Anderen, die Klaus mitgebracht hatte, wieder und fuhren heimwärts. Seine „neue Freundin" hat Lothar danach nie wiedergesehen. Lothar nutzte das restliche Wochenende um mit Dieter durch die Wuppertaler Kneipenszene zu ziehen. Lothar hatte an diesem Wochenende keinen Wochenenddienst, also frei. Am Anfang der Krankenpflegeausbildung war Lothar auch öfter mit seinem Kurskollegen Lutz unterwegs. Sie waren einige Male auf Festen in Bocholt und im Frühsommer 1976 bei Lothars Freund Wolfgang und seiner älteren Schwester in Berlin-Charlottenburg. Wolfgangs ältere Schwester war Lehrerin hatte aber Berufsverbot weil sie Kommunistin war. Wolfgang machte eine Ausbildung zum Chemielaboranten und wohnte bei seiner Schwester. Lothar kannte Wolfgang von der Bundeswehrzeit. Sie gingen in Charlottenburg einige Male in die „Kastanie".

Im Spätsommer fuhren zwei Zivildienstleistende des „Ferdinand-Sauerbruch Klinikums" mit einem Ford Kombi für eine Woche nach Frankreich ans Mittelmeer, und Lothar nahmen sie mit. Sie schliefen im Auto auf der großen Ladefläche und wurden in Grenoble, als sie den Wagen auf einem Parkplatz abgestellt hatten und in die Stadt gingen, beraubt. Bei ihrer Rückkehr mussten sie feststellen dass der Wagen aufgebrochen wurde, es fehlte aber, außer Lothars Fotoapparat, sonst nichts. Die weitere Tour führte sie über Sisteron, Gap, Digne zum Grand Canyon du Verdon. Hier kletterten sie ein bisschen und übernachteten nach einem vorzüglichen Abendessen in einem Restaurant am Verdon See. Am nächsten Tag erreichten sie Cannes. Dort schliefen sie auf einem Parkplatz am Meer, vorher machten sie noch die Stadt „unsicher", so waren sie auch in einer Bar neben dem „Grand Hotel Cannes", sie wurden auch tatsächlich bedient, in der Hildegard Knef mit einem Bekannten saß, sie gab dann auch noch ein Ständchen zum Besten und spendierte ihnen, „den armen Jungs", ein Gläschen Champagner. Am nächsten Tag fuhren sie an der Küste Richtung Sanremo/Ventimiglia, unterwegs badeten sie ausgiebig in Antibes, bevor sie von Ventimiglia in die Berge Richtung Airole fuhren. Dort hatte ein bekanntes Paar eine Eigentumswohnung, und dort blieben sie drei Tage, aßen gut in der Dorfkneipe und tranken viel Rotwein. Airole war ein ehemaliges Piratennest und war total verschachtelt. Viele Künstler und Aussteiger hatten sich dort Wohnungen gekauft. Auch ein Holländer hatte in Airole eine kleine Kneipe, ein alter Hippie, und zu dem gingen sie wenn sie Hippiemusik hören und holländisches Bier trinken wollten. Nach knapp einer Woche waren sie wieder in Wuppertal und gingen nach der Rückreisetour noch alle ins „Kaffee Kaputt".

Lothar hatte ja im April 1974 schon eine einwöchige Reise mit dem Religionslehrer und Kanonikus Nikolaus Ottmann und einigen Anderen der FOS 12 nach Taize unternommen, Burgund mit seinen Weinbergen und Zypressen liegt ja schon „südlich", aber das Mittelmeer, Lothar war zum ersten Mal am Mittelmeer, bietet doch eine ganz andere Atmosphäre, mediterran eben.

1977, im Sommerurlaub, reiste Lothar mit Theo zuerst nach Südfrankreich, nach Valras Plage, wo sie auf einem Campingplatz Hans und seine Freundin Dorothee trafen, mit denen sie nach einigen Tagen nach Cerbere fuhren. Dort trennten sich ihre Wege und Theo und Lothar fuhren nach Spanien, zuerst für einige Tage nach Tarragona und dann weiter bis Alicante, wo damals noch viele Weltenbummler, Aussteiger und Hippies am Strand lebten, in der Altstadt reihte sich eine Bar und eine Disko an die andere, hier waren viele Ibiza Reisende und andere Partymacher versammelt. Lothar hatte seit Frühjahr einen „VW 411" zu dem ihm sein Vater 2300.- DM dazugegeben hatte, der „VW 1302" hatte plötzlich den „Geist aufgegeben". Mit dem „VW 411" kamen Theo und Lothar problemlos bis Südspanien und auch wieder zurück nach Wuppertal, etwas viel Sprit verbrauchte er bei schneller Fahrt, rund 12 Liter Super, das war aber in Spanien damals kein Problem da es für dieses Land Benzingutscheine gab. Nach drei Wochen waren sie wieder in Wuppertal. Lothar brachte Theo zurück nach Reken und blieb noch einige Tage in Rhede bei seiner Oma, da er noch eine Woche Urlaub hatte. Er war in dieser Zeit häufig im „New Orleans" in Rhede. Seine Mutter wusch noch immer seine Wäsche, und Lothar hatte seiner Oma und seinen Eltern Geschenke aus Spanien mitgebracht.

Die Krankenpflegeausbildung lief gut, es gab weder in der Schule noch auf den Stationen Probleme. Lothar war ein systematischer Planer und Arbeiter. Er hatte zwar ein „ausgeprägtes Freizeitverhalten" aber dabei kamen die Arbeit und die Aneignung von umfangreichem Fachwissen nie zu kurz. Diese Systematik in seinem Leben half Lothar sehr. Er war schon bald ein Experte dem so leicht niemand mehr etwas vormachen konnte. Lothar hatte zwar während seiner dreijährigen Ausbildungszeit einige Freundinnen, aber die Beziehungen hielten meist nicht lang, da zuerst immer seine Ausbildung kam, der er alles andere „hintanstellte".

Im Sommerurlaub 1978 reisten Theo und Lothar für vier Wochen nach Griechenland. Sie fuhren mit Theos neuem „Simca". Die Reise ging bis zur Südspitze der Peleponnes und zurück einmal quer durchs Landesinnere. In Sparta kaufte Lothar einige verschieden große Messingkerzenständer für griechisch orthodoxe Kirchen bei einem Glockengießer. Sparta hatte auch eine Akropolis, die war aber mit der Athener überhaupt nicht vergleichbar, ein relativ kleiner verfallener Steinhaufen in einem Pinienwald, überall lagen die Trümmer im Wald herum, spartanisch eben. Die Strände waren fast menschenleer und auf der Peleponnes kam man im Inland nur auf sandigen Wegen vorwärts. Als Busse dienten LKW's, auf deren Ladeflächen Bänke für die Fahrgäste montiert waren. Die Rückreise führte über die berüchtigte Straße „Autoput" in, damals noch, „Jugoslawien". Die Reise verlief ohne Unfälle insgesamt erstaunlich glatt und stressfrei. Sie kamen gut erholt wieder in Wuppertal an, von wo aus Theo, nachdem er Lothar mit seinem Gepäck und seinen „Trophäen" abgesetzt hatte, direkt weiter nach Reken fuhr.

Die anderen KursteilnehmerInnen hatten Lothar inzwischen zum Klassensprecher gewählt, doch in dieser Funktion hatte Lothar eigentlich nie etwas zu tun, da die Gruppe sehr harmonisch und homogen war, wozu ganz wesentlich auch die Arbeit Gertrud Stöckers beigetragen hatte. Sie war ein pädagogisches Naturtalent, denn solche Fähigkeiten kann man eigentlich nicht wirklich irgendwo lernen.

Lothar wohnte gegen Ende der Ausbildungszeit nicht mehr im Schülerwohnheim, sondern in einer kleinen Altbauwohnung, nur mit Waschbecken, ohne Dusche, mit WC auf dem Flur. Er hatte inzwischen eine Beziehung mit Dorothee, beide wohnten in der Altbauwohnung zusammen, der Exfreundin von Hans. Die Beziehung wurde belastet durch Dorothees permanente Untreue, und endete schließlich kurz nachdem Lothar das Krankenpflegeexamen bestanden hatte.

Kurz vor der schriftlichen Prüfung flogen 1979 die meisten KursteilnehmerInnen und Gertrud Stöcker auf Vorschlag Lothars für eine Woche nach Mallorca. Sie waren in einem Zweisternehotel mit Halbpension in Calla Major, bei Palma, untergebracht. Es war Februar und auf Mallorca herrschten frühlingshafte Temperaturen. Es wurde viel unternommen und abends saßen dann die meisten an der hoteleigenen Bar und schlürften zum Beispiel „Lumumba"(Soberano Brandy mit Kakao und Eiswürfel). Nach dem Rückflug nach Düsseldorf war wenige Tage später gleich die schriftliche Examensprüfung. Die 24-Stundenwache mit Bericht und die praktische Prüfung hatten bis dahin bereits alle absolviert. Nachdem das Ergebnis der schriftlichen Prüfung bekannt war kam schon bald die mündliche Abschussprüfung. Nach der mündlichen Abschlussprüfung im März 1979, stand sofort das Gesamtergebnis, die „Gesamtnote" fest. Leider hatten zwei nicht bestanden. Der Rest derer die bestanden hatten bekamen Gesamtnoten von Ausreichend bis Gut, die Note Sehr gut wurde kein Mal vergeben, die Note Gut nur drei Mal. Lothar hatte mit der Gesamtnote Gut bestanden, er gehörte also zu den drei „Besten". Relativ zeitnah, einige Tage später, wurden allen die bestanden hatten die staatlichen Prüfungszeugnisse mit der Gesamtnote und die staatlichen Genehmigungsurkunden für die Ausübung der Krankenpflege, auch mit Gesamtnote, von der Schule überreicht. Damit war die Ausbildung offiziell beendet, am Tag der mündlichen Prüfung war danach noch eine große Party mit Tanzkapelle und Getränken in der Schule.

Einige blieben nach ihrer Ausbildung MitarbeiterInnen der „Städtischen Kliniken Wuppertal", Lothar ließ sich jedoch nicht weiterbeschäftigen da er einen Studienplatz für Sozialarbeit an der Fachhochschule Köln hatte.

9

Das Studium der Sozialarbeit in Köln lief nicht so wie Lothar sich das vorgestellt hatte. Sein Vater gab ihm 420.- DM und meinte damit müsste er auskommen. Das ging natürlich nicht. Lothar hatte ein Zimmer in einer Wohngemeinschaft gefunden. Das Zimmer kostete schon 120.- DM monatlich. Somit hätte er noch 300.- DM zum Leben gehabt. Lothar hatte im März 1979 mit dem Studium begonnen, das ging, obwohl der Ausbildungsvertrag in Wuppertal noch bis zum 31. März 1979 lief, weil er noch Resturlaub hatte. Aber Anfang April warf er das Handtuch. Das Geld reichte nicht. Er suchte sich eine Arbeit als Krankenpfleger und konnte am 07. April 1979 im „St. Marien-Hospital" in Borken als Intensivpfleger anfangen. Er bekam gleich die Vergütungsgruppe Kr.5 und arbeitete mit seinen anderen KollegInnen im Aufwachraum. Dort versorgten sie Patienten nach Operationen und Notfallpatienten. Die neue 12 Betten Intensivstation war seit Jahren nicht in Betrieb und die intensivmedizinischen Geräte(Monitore, Spritzen-pumpen, Beatmungsgeräte, usw.) waren damals im gesamten Haus verstreut. Lothar verfolgte gleich von Anfang an ein Ziel: die offizielle Inbetriebnahme der Intensivstation. Die KollegInnen merkten schnell an seiner Art wie er arbeitete dass

Lothar ein sehr versierter Krankenpfleger aus einem Großklinikum(Klinikum der Maximalversorgung) war. Sie erkannten dass er über ein überdurchschnittlich hohes Fachwissen verfügte und dieses auch zum Wohle der PatientInnen jederzeit situationsgerecht einsetzen konnte, er war auch technisch sehr versiert. Also schlugen sich bald viele auf die Seite von Lothar, auch die Pflegedienstleitung und die leitenden Ärzte, der das Ziel verfolgte die Intensivstation schnellstmöglich offiziell zu eröffnen. Das gelang ihnen, mit Abnahme durch den Kreis Borken, in der Rekordzeit von acht Wochen. Sie hatten, buchstäblich, Tag und Nacht daran gearbeitet. Anfang Juni war die Intensivstation komplett eingerichtet und konnte offiziell in Betrieb genommen werden. Das brachte der treibenden Kraft, Lothar, eine Beförderung ein. Er wurde am 01. Juni 1979 zum Schichtleiter ernannt und erhielt fortan die Vergütungsgruppe Kr.6. Lothar war damals ein „Guru" mit einer unglaublichen „Strahlkraft". Er sorgte schnell für ein unwahrscheinlich gutes Betriebsklima, „führen" brauchte er fast gar nicht, sein Team führte sich selbst, er war also lediglich ein „Primus inter Pares".

Ende Juli 1979 fuhren Theo und Lothar mit seinem „Simca" für zwei Wochen nach Griechenland. Sie waren auf der Halbinsel „Sitonia", auf der Insel „Thassos" und in Istanbul. Der Urlaub verlief ohne Probleme und die Rückreise erfolgte wieder über den „Auto Put" in Jugoslawien.

Im Herbst 1979 hatten die Pflegedienstleitung und die Leitenden Ärzte einen Stationsleiter für die Intensivstation gefunden. Mit dem kam Lothar auf Anhieb gut klar, der zweite Schichtleiter aber überhaupt nicht. Der Stationsleiter versuchte mehrmals über die Pflegedienstleitung und die leitenden Ärzte dass der zweite Schichtleiter entlassen wurde, was Lothar aber immer verhinderte. Irgendwann im Sommer 1980 hatte der Stationsleiter dann gekündigt und verschwand ins Krankenhaus Coesfeld und der zweite Schichtleiter übernahm die Stationsleitung weil Lothar zum 01. Juli 1980 in den Nachdienst wechselte um ein berufsbegleitendes Studium der Sozialwissenschaften an der „Universität – Gesamthochschule – Duisburg" zu beginnen.

Lothar hatte ab April 1979 mehrere kurze Beziehungen, von denen eine Frau schwanger wurde und am 02. August 1980 seine Tochter gebar, sie blieben aber nicht zusammen. Lothar war mit der Sabine, so hieß die Frau, über Weihnachten und Neujahr 1979/80 noch nach Mallorca geflogen, sie hatte ihm aber nicht offenbart dass sie schwanger war, nach dem Urlaub beendete sie dann die Beziehung.

Anfang 1980 bahnte sich eine Beziehung zur Astrid an. Sie war Krankenschwester in Lothars Schicht. Es hatte sozusagen richtig „gefunkt". Sie gingen viel gemeinsam aus und im Februar 1980 fuhren sie für zwei Wochen mit Lothars neuen „Ford

Capri" nach Griechenland. Lothar hatte seit Sommer 1979 eine Neubauwohnung in Gemen und wohnte nicht mehr bei seiner Oma. Seine Oma starb schon bald nachdem er ausgezogen war im Spätsommer 1979 an einem Schlaganfall.

Die Griechenlandreise mit der Astrid im Februar 1980 stand unter keinem guten Stern. Sie wollten in Griechenland auf die Halbinsel Pilion zu Astrids ehemaligen Freund fahren der dort im Süden der Halbinsel ein Grundstück gekauft hatte und bei mit ihm befreundeten Griechen auf einem kleinen Bauernhof lebte. Die Hinreise führte durch die Schweiz am Lago Maggiore vorbei wo sich oberhalb beidseits der Straße meterhohe Schneewände türmten. Dort nahmen sie zwei Tramper mit ihrem Gepäck mit die nach Mailand wollten. Vom nebeligen Mailand fuhren sie weiter bis Brindisi, aber die Fähre nach Griechenland fuhr nicht wegen Sturm und starkem Wellengang in der Adria. Sie wollten die Autofähre nach Patras nehmen. Sie fuhren weiter bis zur Südspitze Italiens wo es warm und sonnig war und verbrachten einen Tag an Apuliens Küste. Abends fuhren sie zurück nach Brindisi und übernachteten nach einem ausgiebigen Essen in einem Restaurant in Hafennähe im Auto im Hafen. Am nächsten Tag fuhr die Fähre aber auf See gerieten sie wieder in einen Sturm. Die Gischt spritzte bis an Deck und die riesige Fähre schaukelte hin und her als wäre sie ein kleines Fischerboot. Sie hatten eine Innenkabine, aber das nutzte ihnen wenig, denn sie wurden, wie fast alle auf dem Schiff, bald seekrank und mussten sich andauernd heftig übergeben. Der ungewöhnlich hohe Seegang beruhigte sich erst kurz vorm Hafen von Patras. Als sie mit ihrem Auto die Fähre verlassen hatten standen im Hafen zwei britische Anhalter die nach Athen wollten. Sie nahmen sie mit und setzten sie in Athen ab. Sie verweilten nicht in Athen sondern fuhren gleich weiter Richtung Volos, der großen Hafenstadt am Eingang zur Halbinsel Pilion. Auf halber Strecke von Athen nach Volos machten sie eine Pause im Dorf Agios Nikolaos und gerieten in einer Gaststätte in eine Hochzeitsfeier. Sie wurden zum Mittrinken und Mittanzen aufgefordert und hatten schon bald einen ordentlichen Rausch. Irgendwann fuhren sie dann weiter nach Volos und ab Volos auf den Pilion fuhr dann Astrid das Auto, nachdem sich Lothar eine große Tüte Plätzchen bei einem Bäcker gekauft hatte, aber nicht lange denn dann ging die Straße bergauf und Astrid gab richtig Gas und plötzlich kam eine fast rechtwinklige Linkskurve und da krachte die Astrid dann erst rechts in die Leitplanke, daneben ging es steil und tief runter zum Meer, und dann fuhr sie auch noch links gegen eine Betonwand die den Fels gegen Abbrüche sicherte. Das Auto war danach zwar noch fahrbereit, war aber rundherum schwer beschädigt, ein „wirtschaftlicher" Totalschaden. Das Auto war zum Glück vollkaskoversichert. Die Stimmung war für kurze Zeit auf dem Nullpunkt aber dann lachte

Lothar schnell wieder und munterte die niedergeschlagene Astrid auf dass das Auto doch vollkaskoversichert war und dass sie weiterfahren sollten zu ihrem Exfreund, vielleicht hatte der ja für das Auto irgendeine Idee. Sie trafen ihn aber in Argalasti nicht an und wollten im Nachbarort übernachten. Sie saßen schon in ihrem kalten Zimmer und froren, es war überraschend kalt auf dem Pilion, hatten sich zum „Anwärmen" eine Flasche italienischen Rotwein aus Apulien aufgemacht, den sie mitgebracht hatten und aßen gegen den Hunger Lothars Plätzchen aus Volos, als am späten Abend Astrids Exfreund mit einem griechischen Begleiter in der Tür stand. Ab jetzt begann ihr Urlaub. Sie ließen den schrottreifen „Capri" im Ort stehen und fuhren mit ihrem Gepäck auf der Ladefläche eines „Datsun" mit zum kleinen Bauernhof in Paltsi, in Strandnähe. In den nächsten Tagen organisierte Astrids Exfreund bei einem Bekannten in Volos, der eine Spedition, eine Autowerkstadt und ein Reisebüro hatte, die „Entsorgung des Capri": Das Auto blieb schrottreif in Griechenland im Zoll, der Onkel des Bekannten war der oberste Direktor des Zoll von Volos, und Lothar erhielt eine Bescheinigung darüber mit der er in Deutschland den Neuwert bei der Versicherung erhielt. Das Auto blieb natürlich nicht im Zoll sondern der Bekannte richtete sich den fast neuen Wagen in seiner Werkstadt wieder her, aber Lothar hatte ja jetzt die Zollbescheinigung für die

Versicherung, und erhielt von dem Bekannten in seinem Reisebüro, sozusagen als Dreingabe, noch kostenlos für Astrid und sich zwei „open Tickets" mit denen sie mit jeder beliebigen Fluggesellschaft kostenlos von Athen nach Kreta hin- und von dort nach Deutschland zurückfliegen konnten. Astrid und Lothar fuhren also nach den Tagen auf dem Pilion mit ihrem Gepäck mit dem Bus von Volos nach Athen zum Flughafen und flogen abends nach Kreta. Dort mieteten sie sich am Flughafen in Iraklion einen Leihwagen für eine Woche. Sie fuhren dann mit dem Auto nachts bis in den Süden der Insel, bis nach Ierapetra, wo sie in einem kleinen zwei Sterne Hotel ein Zimmer fanden, und am Strand hatte auch noch ein Restaurant geöffnet wo sie ausgiebig speisten und viel griechischen Wein tranken. Die eine Woche auf Kreta war wohl die schönste Zeit die sie während ihrer gesamten Beziehung erlebten, sie waren verliebt, sie blickten in eine gemeinsame Zukunft, und auf Kreta war Frühling.

Am nächsten Tag frühstückten sie in einem Kaffee am Meer. Direkt am Meer stand eine Baumreihe. Scheinbar war nachts ein Sturm auf dem Meer, denn die kräftigen Wellen klatschten an die Kaimauer und die Gischt spritzte bis über die Baumwipfel. Sie saßen an der Hauswand in der Sonne. Es war sommerlich warm, und neben ihnen, an den anderen Tischen, saßen ebenfalls Touristen und Einheimische in der Frühlingssonne.

Sie besuchten in den folgenden Tagen Knossos, den Palmenstrand in Vai und andere Sehenswürdigkeiten, aßen abends gut, tranken viel Wein und ließen es sich gut gehen. Nach einer Woche gaben sie den Mietwagen am Flughafen ab und flogen zurück nach Düsseldorf.

Die Versicherung akzeptierte Lothars Bescheinigung vom Zoll in Volos und zahlte ihm den vollen Kaufpreis eines neuen „Ford Capri", die Hotelkosten auf Kreta, die Kosten des Leihwagen und sogar die geschätzten Rückflugkosten für zwei Personen nach Deutschland, aus. Lothar hatte mit dem Unfall einen Reibach gemacht.

10

Nach dem Urlaub in Griechenland zogen Astrid und Lothar in eine gemeinsame Wohnung in Lembeck. Astrid hatte, wohl weil sie ein schlechtes Gewissen wegen seinem „Ford Capri" hatte, Lothar ihren alten VW Käfer überlassen, sie fuhr aber selber auch noch damit.

Ab 01. Juli 1980 beendete Lothar seine Tätigkeit als Schichtführer und wechselte auf der Intensivstation in den Nachtdienst. Astrid wechselte ab diesem Zeitpunkt ebenfalls auf der Intensivstation in den Nachtdienst. Lothar blieb bis zum 29. Februar 1984 im Nachdienst, ab 01. März 1984 wechselte er wieder in den Tagdienst und blieb im „St. Marien-Hospital" Borken bis zum 30. September 1984.

Im Sommer 1980 unternahmen Astrid und Lothar eine dreiwöchige Reise nach Südspanien und fuhren mit dem alten Käfer bis in den Norden Marokkos und von da wieder zurück nach Lembeck.

Im Wintersemester 1980 begann Lothar an der „Universität – Gesamthochschule – Duisburg" ein Studium der Sozialwissenschaften. Er lernte dort einen Kommilitonen kennen mit dem er, nebenbei, in Lembeck die Kneipe „Asyl" eröffnete. Nach vier Monaten mussten sie die Kneipe an einen Nachpächter übergeben weil sie nicht lief.

Astrid begann im Herbst 1980 mit der FOS 12 in Bocholt und erlangte einen guten Abschluss im Sommer 1981.

Den alten Käfer hatten sie im Frühjahr 1981 in Zahlung gegeben und fuhren jetzt einen neuen „VW Passat". Mit diesem machten sie verschiedene Kurzreisen nach Frankreich und im Sommer 1981 eine dreiwöchige Reise nach Griechenland.

Im Frühjahr 1982 reisten sie mit Ruck- und Schlafsäcken nach Portugal an die Algarve und nach Madeira und wollten dort überwiegend am Strand bzw. „im Freien" schlafen. Das funktionierte aber nicht. Die Strände der Algarve waren im April 1982 voller Junkies und auf Madeira war überwiegend Steilküste, so dass sie sich in jedem Ort fast immer ein Zimmer nehmen mussten.

Im Herbst 1982 fuhren Astrid und Lothar mit einem Bruder von Thomas, einem Alkoholiker, für zwei Wochen nach Griechenland auf den Pilion zu Astrids Exfreund. Der Urlaub war durchwachsen und sie waren froh, als sie den Bruder wieder in Borken abgesetzt hatten, und zurück in ihrer Wohnung in Lembeck waren.

Die Arbeit im Nachdienst und das Verhältnis zu den anderen „Nachteulen" war gut aber Lothars Studium zog sich. Astrid hatte auch mit dem Studium in Duisburg begonnen, brach dieses aber bald wieder ab.

Im März 1983 fuhren sie gemeinsam für eine Woche nach Le Lavandou. Sie sehnten sich nach Frühling am Mittelmeer.

Im Sommer 1983 fuhr Lothar mit Theo für sechs Wochen nach Griechenland. Theo hatte inzwischen ein kleines Wohnmobil. Den „Passat" hatten Astrid und Lothar an einen Händler in Düsseldorf verkauft. Astrid wollte nach Griechenland mit ihrem Motorrad, einer „BMW R 45", später nachkommen und sie hatten sich an einem bestimmten Tag auf der Insel Korfu im Küstenort Gouvia verabredet. Sie trafen sich schon früher, nachts, in einer Diskothek in einem Olivenhain vor dem Gebirgsort Pelekas. Die Freude war riesig und für den Moment durchzog sie beide das Frühlingsgefühl der frisch Verliebten auf Kreta im Frühjahr 1980. Astrid hatte einen Begleiter, auch einen Motorradfahrer(„Motoguzzi California 2"), den Stefan aus Berlin, den sie unterwegs kennengelernt hatte. Astrid nahm Lothar hinten auf ihrer BMW mit zum Campingplatz wo ihr Zelt stand und dann legten sich Astrid und Lothar in ihr Zelt… Am nächsten Tag packten sie das Zelt ein und fuhren nach Agios Johannis, einem Ort im Inland der Insel. Hier trafen sie vor „Kostas Taverna" Stefan wieder, der sein Zelt in einem Olivenhain, dem „Kaktus Hilton", aufgebaut hatte. Theo hatte den Ort auch gefunden und stand mit seinem Wohnmobil am Rand des Marktplatzes. Astrid und Lothar bauten Astrids Zelt auch im „Kaktus Hilton" auf und danach wurde bei Kosta erst einmal kräftig gemeinsam „Amstel" getrunken. Kosta hatte nur dieses Bier, aber dafür auch vom Fass. Sie blieben noch zwei Wochen in Agios Johannis, dann fuhr Lothar hinten auf Astrids BMW mit zurück und Stefan begleitete sie. Sie machten nachdem sie in Rijeka die Fähre verlassen hatten noch eine Nacht Station in Moltsbichl in Kärnten, bevor sie am nächsten Tag weiter nach München fuhren wo sie bei einer Bekannten aus Agios Johannis zwei Nächte übernachteten, in München war gerade das Oktoberfest.

Nach der Heimfahrt nach Borken, inzwischen wohnten Astrid und Lothar in Borken und nicht mehr in Lembeck, befiel Lothar abends ein lebensbedrohliches Schwächegefühl mit Herzrasen und Todesangst. Er hatte eine Entzündung unter seinem linken Fuß und ein roter Streifen zog sich am linken Bein bis in seine linke Leiste, vermutlich innerlich noch weiter. Er hatte eine schwere Blutvergiftung. Astrid rief einen ihnen bekannten Arzt an und der nahm Lothar in seinem Auto mit in seine Praxis und spritzte ihm sofort hochdosiertes Penizillin. Am nächsten Tag ging es Lothar schon besser, er wollte nicht ins Krankenhaus, er musste aber noch hochdosiert Penizillin oral weiter einnehmen. Nach etwa zwei Wochen stellten sich Unwohlsein und massive Darmprobleme ein. Lothar musste für zwei Wochen ins Krankenhaus, es wurde aber, trotz Darmspiegelung, nichts gefunden. Sein Zustand besserte sich in den nächsten Wochen ohne

Medikamente. Lothar wechselte trotzdem ab 01. März 1984 wieder in den Tagdienst da er glaubte dass er den Nachdienst nicht mehr vertrug.

Seit November 1983 fuhren Astrid und Lothar einen alten „Mercedes 200 D".

Im Sommer 1983 hatte Thomas Mechtild in der Klosterkirche in Burlo kirchlich geheiratet.

Im Juni 1984 hatte Lothar endlich sein Vordiplom mit der Gesamtnote Befriedigend bestanden und bekam gleichzeitig die Fachgebundene Hochschulreife verliehen, weil er zusätzlich noch drei „Brückenkurse" erfolgreich, mit je einer fünfstündigen Klausur, abgeschlossen hatte. Es konnte zwischen den „Brückenkursen" Deutsch, Englisch und Mathematik oder Deutsch, Englisch und Geschichte gewählt werden, Lothar hatte sich für letztere Variante entschieden. Mit diesem Fachabitur konnte Lothar nun auch an anderen Universitäten eine Vielzahl von Studiengängen studieren, Lothar blieb aber bis zum Diplom an der „Universität – Gesamthochschule – Duisburg.

Im August 1984 ging Lothar für vier Wochen zum Heilfasten in eine Kurklinik in Alpirsbach. Er wollte mit der „Mayr Kur" seinen Gesamtzustand wieder verbessern, was auch gelang.

Im September 1984 zog Astrid in eine Wohnung in Aachen und arbeitete dort als Krankenschwester im Uniklinikum. Sie nahm alle Möbel mit in der Hoffnung dass Lothar irgendwann nachziehen würde. Lothar und Astrid hatten im „St.

Marienhospital-Borken" gekündigt und Lothar wohnte jetzt in Duisburg in einem möblierten Studentenwohnheimzimmer. Er bekam ab 01. September 1984 Bafög. Astrid besuchte er meist an Wochenenden. Ihn in Duisburg besuchte Astrid nie.

Ab 01. Januar 1985 bezog Lothar kein Bafög mehr sondern hatte eine Vollzeitstelle als Intensivpfleger auf der Verbrennungsintensivstation der „BG Unfallklinik Duisburg-Buchholz". Bafög war ihm zu wenig Geld und nach Aachen zur Astrid ziehen und dort weiterstudieren wollte er nicht.

Lothar kaufte sich eine Musikanlage der Spitzenklasse und hatte eine große Plattensammlung und fortan versammelten sich viele hübsche Studentinnen in seinem Wohnheimzimmer. Sie tranken gemeinsam viel Wein und hörten Musik und irgendwann blieb oft eine der hübschen Damen auch bei ihm im Bett.

Die Wochenendbesuche Lothars bei Astrid wurden 1985 seltener und im Sommer 1985 flog Lothar mit Jürgen, einem neuen Freund aus dem Studentenwohnheim, für zwei Wochen nach Korfu, nach Agios Johannis, dem exzessiven Partyplatz beim Kosta. Astrid wollte mit dem Motorrad und ihrer Freundin Gisela nachkommen. Auch Stefan war mit Motorrad in Agios Johannis. Lothar teilte sich mit Jürgen ein Zimmer und Astrid war nach ihrer Ankunft in Agios Johannis sauer dass Lothar kein Einzelzimmer genommen hatte in dem sie hätte mitübernachten können.

Während der zwei Wochen auf Korfu „funkte" es zwischen Gisela und Stefan und zwischen Astrid und Lothar war nahezu „Funkstille". Nach diesem Korfu Urlaub war die Beziehung zwischen Lothar und Astrid bald beendet. Sie war von einem anderen Mann schwanger. Das Kind ließ sie abtreiben.

Lothar und Jürgen machten 1985 viele „kräftige Züge" durch Duisburg, aber sie konnten ja beide auch viel „vertragen".

Thomas arbeitete seit 1979 als Sozialarbeiter und hatte inzwischen Nachwuchs.

Der Kontakt zu Klaus war abgerissen. Sie sahen sich erst 1990, auf der Rheder Kirmes, wieder, da war Klaus verheiratet und hatte zwei Söhne.

11

Zum 16 November 1985 kündigte Lothar seinen
Arbeitsvertrag mit der „BG Unfallklinik Duisburg-
Buchholz" fristlos. Es war zum Streit mit der
Stationsleiterin der Verbrennungsintensivstation und
dem Pflegedienstleiter gekommen.

Der alte „Mercedes 200 D" musste mit
Motorschaden verschrottet werden, und den 80-ger
Vespa Roller, mit dem Lothar sonst noch fuhr, hatte
er verkauft.

Lothar zog aus dem Studentenwohnheim aus und
wohnte ab Mitte November 1995 bei seinem Freund
Berthold. Der bewohnte ein gemietetes Haus im
Stadtgarten von Bottrop. Den Berthold hatte die
Astrid vor Jahren auf einem Motorradtreffen
kennengelernt. Berthold war ein intelligenter und
gebildeter Krankenpfleger der in Bottrop leitend bei
der Caritas gearbeitet hatte und jetzt als
Rettungssanitäter beim privaten Rettungsdienst
„Axel & Feldeisen" vollzeitbeschäftigt war.
Berthold empfahl Lothar dort und Lothar wurde ab
Dezember 1985 ebenfalls bei „Axel & Feldeisen" als
Rettungssanitäter vollzeitbeschäftigt. Außerdem
besorgte Berthold Lothar eine Wohnung in Bottrop,
in die er im Januar 1986 einziehen konnte. Sie
mieteten einen LKW und holten Lothars restliche

Sachen aus Astrids Wohnung in Aachen, damit wohnte Lothar ab Januar 1986 in Bottrop.

Dass zwei versierte Krankenpfleger bei „Axel & Feldeisen" als Rettungssanitäter beschäftigt waren sprach sich unter den Bottroper Ärzten und in den Kliniken schnell rum. Berthold und Lothar waren nur für den Dienst auf dem Rettungswagen zuständig, auch wenn sie gelegentlich auch allgemeine Krankentransporte durchführten. Die Notfalleinsätze bei „Axel & Feldeisen" stiegen 1986 rasant an, während die Feuerwehr Bottrop, die den öffentlichen Rettungsdienst vorhielt, immer weniger Notfalleinsätze fuhr.

Es war für Berthold und Lothar eine schöne und spannende Zeit, aber ab 01. Januar 1987 untersagte der Regierungspräsident in Münster „Axel & Feldeisen" die weitere Durchführung von Notfallrettung, sie durften ab Januar 1987 nur noch allgemeine Krankentransporte, nicht Notfalltransporte, durchführen, deshalb kündigte „Axel & Feldeisen" Berthold und Lothar zum 31. Dezember 1986. Der Regierungspräsident in Münster hatte auch mitgeteilt dass Krankenpfleger keine Rettungssanitäter waren und deshalb in der Notfallrettung nicht eingesetzt werden durften.

Berthold suchte sich danach einen Job als Krankenpfleger bei einer Einrichtung in Oberhausen und Lothar arbeitete 1987 noch regelmäßig im Krankentransport bei Axel & Feldeisen. Lothar zog von Bottrop in ein Studentenwohnheim in Mühlheim und Anfang 1988 in ein privates Studentenwohnheim in Duisburg.

Im Juni 1988 bestand Lothar die Diplomprüfung(Diplom II) mit der Gesamtnote „Gut". Er war jetzt Diplom-Sozialwissenschaftler(Dipl. Soz. Wiss.). Seit Januar 1988 bezog Lothar Arbeitslosenhilfe.

Im Sommer 1986 war Lothar mit einem jüngeren Bruder von Thomas, dem Harry, der auch, recht erfolglos, Sozialwissenschaften in Duisburg studierte, Lothar hatte inzwischen einen alten „Audi 80" mit zwei Jahren TÜV, für drei Wochen in Griechenland. Sie waren beim Kosta auf Korfu und später mit Stefan und Gisela, die mit Motorrädern in Griechenland waren, auf dem Pilion bei Astrids Exfreund. Es war eine einzige Dauerparty.

Im April 1987 war Lothar mit Stefan auf Korfu beim Kosta und danach kurz beim Exfreund von Astrid und bald wieder zurück auf Korfu, beim Kosta. Lothar hatte kurz vor der Reise einen Herzanfall erlitten und war im Krankenhaus, er war noch nicht wieder richtig fit, und so verlief diese Reise für Lothar „sehr zurückhaltend", der Spaßfaktor und die Besäufnisse fehlten weitgehend.

Im Sommer 1987 machte Lothar eine 160-stündige praktische Ausbildung bei der Feuerwehr Borken, die auch den öffentlichen Rettungsdienst durchführte, und wurde danach vom Kreis Borken als Rettungssanitäter anerkannt.

Berthold fuhr weiter Motorrad und auf viele Motorradtreffen, er war seit Anfang 1986 mit seiner Freundin Beate zusammen die er später heiratete und mit ihr drei Kinder hatte, und Lothar fuhr ab Frühjahr 1988 einen „Citroen Visa GT".

Im Oktober 1988 begann für Lothar ein Klinikaufenthalt in der psychosomatischen „Klinik Roseneck" in Prien am Chiemsee. Lothar war allgemein erschöpft und ausgepowert. Der Aufenthalt wurde mehrmals verlängert und dauerte bis Anfang Januar 1989. Lothar wurde mit der Diagnose „dysthyme Störung" entlassen. Offensichtlich hatten sich die bösen Geister seiner Kindheit und die Nachwirkungen der Blutvergiftung 1983 erhoben.

In der Psychoklinik traf Lothar eine Menge interessante Leute die an Wochenenden gemeinsam viel unternahmen. Die Wochenenden standen meist zur freien Verfügung, außer jemand war sehr schwer essgestört. Man konnte sich also an den Wochenenden auch nachts von der Anwesenheitspflicht befreien lassen, am Sonntagabend mussten aber alle wieder in der Klinik sein. Auch an Wochentagen ging man abends in Prien oder Umgebung aus, aber um zehnuhrdreißig war Zapfenstreich.

Es bildeten sich schnell Gruppen oder Paare die gemeinsam regelmäßig etwas unternahmen. Da die Therapie bei den meisten länger dauerte waren diese Gruppen eher homogen, ab und zu wurde zwar jemand entlassen und es kamen wieder neue, die wurden aber schnell integriert.

Es wurde oft auf den umliegenden Bergen gewandert, zum Beispiel zu Almen oder auch auf Gipfel, und Lothar hatte eine Frau kennengelernt die auch oft mit „auf den Berg" ging, die Johanna. Johanna war eine hübsche gebildete Enddreißigerin, sie hatte Kunsterziehung studiert, also Kunst fürs Gymnasium, hatte aber nach dem Referendariat keine Stelle bekommen und arbeitete bei „Infratest" in München. Johanna war magersüchtig aber nicht so abgemagert dass sie nur noch „Haut und Knochen" war. Sie hatte sich während der Therapie relativ bald gut stabilisiert so dass sie auch „raus" durfte. Johanna war eine echte „Bergziege", sie rannte manchen Berg schneller rauf als manch anderer ihn runterrennen konnte, es war also schwer mit ihr Schritt zu halten. Johanna und Lothar waren sich auf Anhieb sympathisch und kamen sich schon bald näher. In ihrer Ausgehgruppe war noch eine Frau mit der Johanna und Lothar viel gemeinsam unternahmen, die Hubertine, meist Huby genannt. Huby war übergewichtig, also essgestört, sie hatte sich aber schnell stabilisiert und durfte „raus".

Nach vielen gemeinsamen Lokalbesuchen in Prien, sie gingen oft in die „Priener Stubn" oder zum Tanzen ins „Muggi", und vielen Bergwanderungen, verbrachten Johanna, Lothar, Huby und zwei andere Weihnachten, mit zwei Übernachtungen, auf der „Priener Hütte". Sie hatten vorher an Wochenenden schon Tagesausflüge nach Triest und Grado, an die Adria, unternommen, und an Silvester 1988 flogen Huby, Johanna und Lothar von München gemeinsam nach Rom, mit einer Übernachtung, und am Neujahrstag abends von Rom wieder nach München zurück. Sie hatten in Rom in einer Disko gefeiert, sahen sich am nächsten Tag so viel wie möglich von Rom an und waren mit dem Zug auch noch nach Lido di Ostia gefahren, ans Mittelmeer, Lothar ging sogar zum Baden ins Meer, es hatte etwa 14 Grad Wassertemperatur. Am Sonntagabend, am 01. Januar 1989, waren sie um zehn Uhr wieder an der Klinik in Prien, sie hatten sogar eine halbe Stunde Zeit bis zum Zapfenstreich und konnten draußen noch eine rauchen.

12

Lothar hat sich nach dem Klinikaufenthalt gut regeneriert. Er wird Anfang Januar entlassen und will in Bayern bleiben. Er sucht sich eine Stelle in München, die er bei der „Stiftung Pfennigparade" findet, als Gruppenleiter. Die „Stiftung Pfennigparade" betreut Schwerbehinderte in ihren Wohnungen und betreibt Firmen in denen Schwerbehinderte arbeiten und Rehaeinrichtungen. Lothar ist in seiner Gruppe für den Personaleinsatz und die Bereuungsarbeit für Schwerbehinderte in ihren Wohnungen, beim Essen in der Cafeteria und am Arbeitsplatz zuständig. Lothar kommt auf Anhieb mit den anderen GruppenleiterInnen gut klar und ist auch bei den ihm unterstellten Zivis und MitarbeiterInnen sehr beliebt. An seiner Arbeit gibt es nichts auszusetzen, die Schwerbehinderten sind mit ihm sehr zufrieden.

Lothar bleibt aber in der „Stiftung Pfennigparade" nur kurze Zeit, dann wechselt er nach vier Monaten im Mai 1989 zum „Malteser Hilfsdienst" in München und wird dort Leiter der Leitstelle für den Behindertenfahrdienst im Großraum München. In der Leitstelle arbeiten am Funk usw. nur Zivis mit denen er auf Anhieb gut klarkommt. Sein integrativer und kooperativer Führungsstil, antiautoritär halt, machen ihn bei den Zivis zu einer

Art „Ober Zivi" den sie sehr mögen. Lothar hat noch einen älteren Kollegen der für die Versendung der „Tickets"(kostenlose Fahrscheine der Stadt und des Landkreises München für Taxis und Behindertentransporter der Hilfsorganisationen) und andere Buchführungsarbeiten zuständig ist.

Anfang 1989 wohnt Lothar kurze Zeit bei einer Frau in Grünwald, einem Vorort von München, die er auch aus der „Klinik Roseneck" kennt. Die Beziehung gestaltet sich schwierig und endet bald. Lothar hat das Angebot Ende März zur Johanna nach München-Pasing zu ziehen und nimmt das Angebot an. Sie unternehmen in ihrer Freizeit viel in München und fahren mehrmals gemeinsam an Wochenenden, mit zwei Übernachtungen, nach Südtirol und an den Gardasee. Im September 1989 fliegen Johanna und Lothar für zwei Wochen nach Korfu zum Kosta. Lothar leiht sich einen 125-ger Vespa Roller aus mit dem sie an die Strände fahren und auch eine zweitägige Festlandstour bis zu den „Meteora Klöstern" und zurück unternehmen. Beim Kosta ist zu der Zeit wenig los und so fallen die üblichen allabendlichen Saufgelage weitgehend flach. Johanna bewertet den Urlaub im Nachhinein positiv.

Im Herbst bewirbt sich Lothar beim „DRK Kreisverband Segeberg" für die Stelle als Leiter des Rettungsdienstes und stellvertretender Kreisgeschäftsführer. Lothar hinterlässt im Bewerbungsgespräch einen guten Eindruck und kann am 01. April 1990 in Segeberg anfangen. Die Malteser bieten Lothar, als sie mitbekommen dass er gehen will, er hat zu dem Zeitpunkt noch nicht gekündigt, noch eine Gehaltsgruppe mehr an, wenn er bleibt, also statt BAT 5 BAT 4b, aber Lothar lehnt ab und kündigt dann später seine Stelle als Leiter der Leitstelle für den Behindertenfahrdienst zum 31. März 1990.

Johanna und Lothar ziehen also Ende März 1990 von München nach Bad Segeberg, der Geschäftsführer des „DRK Kreisverbandes" besorgt ihnen eine schöne Wohnung in der Nähe der Geschäftsstelle. Johanna findet in der Nähe von Segeberg auch eine Vollzeitstelle.

Der „DRK Kreisverband Segeberg" betreibt damals im Kreisgebiet flächendeckend den Rettungsdienst und zwei Leitstellen, eine ist in der Kreisgeschäftsstelle und eine wird von Feuerwehrbeamten in einem Feuerwehrgebäude in der Stadt Norderstedt betrieben, der Leiter des Rettungsdienstes ist aber ihr Dienstvorgesetzter. Weiterhin betreibt der Kreisverband ein Altenwohnheim mit einem Behindertenwohnheim in Kaltenkirchen, ein Kinderheim in Wolfsberg mit einer Außenwohngruppe in Bad Bramstedt, einen großen Kindergarten in Norderstedt und eine Kindertagesstädte in Kaltenkirchen, fast die gesamte ambulante Krankenpflege mit Sozialstationen im ganzen Kreisgebiet, und drei große Rettungswachen an den Krankenhäusern in Henstedt-Ulzburg, in

Kaltenkirchen und in Bad Segeberg. Der Kreisverband hat damals 380 hauptamtliche MitarbeiterInnen und einen großen Betriebsrat.

Nur wenige Wochen nach seinem Dienstbeginn, am 01. April 1990, als Leiter des Rettungsdienstes muss Lothar die volle Geschäftsführung des Kreisverbandes mitübernehmen da der Geschäftsführer für mehrere Wochen im Krankenhaus ist. Er wird daher, sonst wäre das erst nach dem Ende seiner Probezeit passiert, frühzeitig zum stellvertretenden Geschäftsführer ernannt mit allen Rechten und Pflichten. Er bekommt dann auch eine höhere Vergütungsgruppe, statt BAT IV a bekommt er fortan BAT III.

Damals laufen verschiedene Bauprojekte die Lothar mitbetreuen muss: Die neue Leitstelle in Segeberg, Haus „Kielort" in Norderstedt, und eine Sozialstation.

Lothar führt im Rettungsdienst schon bald Neuerungen ein. Er stellt das bisherige Notarztwagensystem an den Kliniken, wo der Notarzt mit dem Notarztwagen und zwei Rettungsassistenten von der Klinik zum Notfallpatienten fährt, auf das „Rendezvoussystem" um, hier fahren der Notarzt mit einem Rettungsassistenten mit einem entsprechend ausgerüsteten PKW von der Klinik zum Notfallpatienten, und zwei Rettungsassistenten fahren gleichzeitig von der Rettungswache mit dem Rettungswagen zum Notfallpatienten, sie werden von der Rettungsleitstelle also zeitgleich alarmiert, und wer zuerst eintrifft beginnt mit den Notfallbehandlungsmaßnahmen. Dieses schon in anderen Bundesländern und anderen Landkreisen bewährte Verfahren bringt im Kreis Segeberg eine Verkürzung der „Eintreffzeit" von durchschnittlich zwei Minuten, ein enormer Fortschritt.

Der Geschäftsführer des „DRK Kreisverband Segeberg" erkrankt noch mehrmals für längere Zeit und Lothar muss jedes Mal die Geschäftsführung mitübernehmen.

Lothars KollegInnen sind mit seiner Arbeit sehr zufrieden und auch der Betriebsrat ist Lothar gegenüber durchwegs freundlich gestimmt, Lothar ist ein „Macher" und man kommt meist schnell zu einer für alle Beteiligten zufriedenstellenden Lösung.

Auch der Vorstand und die Ehrenamtlichen schätzen Lothars Arbeit sehr. Es gibt wenig Reibflächen, die Gesamtarbeit des Kreisverbandes läuft sehr harmonisch.

Im Sommer fliegt Lothar für eine Woche nach Korfu zum Kosta. Mehr Urlaub kann er nicht nehmen. Dort trifft er „die üblichen Verdächtigen" und nach einer Woche wir er von Johanna vom Flughafen Düsseldorf wieder abgeholt.

Johanna und Lothar fahren gelegentlich an die nahegelegene Ostsee und nach Lübeck, in Segeberg gehen sie abends öfter zum Griechen zum Essen.

Im August 1990 fahren Johanna und Lothar am letzten Augustwochenende, es ist Rheder Kirmes, zu Klaus in Rhede. Lothar hat Klaus schon zehn Jahre nicht mehr gesehen. Klaus ist inzwischen verheiratet und hat zwei Kinder. Sie gehen alle abends auf die Rheder Kirmes und nach einer Übernachtung bei Lothars Eltern fahren Lothar und Johanna am nächsten Tag wieder zurück nach Segeberg. Lothar wird Klaus und seine Familie nach diesem Wochenende nie wieder sehen, obwohl sie nicht im Streit auseinander gehen.

Im Januar 1991 erleidet Johanna eine schwere Hirnblutung und wird notfallmäßig ins Uniklinikum Lübeck eingeliefert. Dort bleibt sie für zwei Wochen auf der Intensivstation, geht aber dann, auf eigene Verantwortung, ziemlich angeschlagen, wieder nach Hause. Johanna wird fortan dauerhaft krankgeschrieben sein, hat Ausfälle in einem Bein und wird sich im späten Frühjahr 1992 am Kopf im „Universitätsklinikum Groß-Hadern" in München operieren lassen. Die Operation verläuft erfolgreich und es geht Johanna danach bald wieder besser, sie wird aber nach der Operation dauerhaft, teilweise, frühberentet.

Im Frühjahr 1991 erteilt der Kreis Borken Lothar die staatliche Anerkennung als Rettungsassistent und schickt ihm die staatliche Ernennungsurkunde.

Lothar kündigt im Juni 1991 seine Stelle beim „DRK Kreisverband Segeberg. Das wird beim Kreisverband sehr bedauert. Er erhält vom 1.

Vorsitzenden und langjährigen Landrat im Kreis Segeberg, Graf Schwerin von Krosigk, ein gutes Dienstzeugnis. Lothar hat sich als Geschäftsführer beim „DRK Kreisverband Groß-Gerau" beworben und bekommt die Stelle. Er kann am 01. Oktober 1991 anfangen und erhält auch eine kleine Dienstwohnung in einem DRK Haus in Gernsheim. Vorher gehen Johanna und Lothar noch gemeinsam für drei Wochen, von Ende August bis Mitte September, zu einer „Mayr Kur" in ein abgelegenes Bauernhaus bei Prien.

Der „DRK Kreisverband Groß-Gerau" hat damals 180 hauptamtliche MitarbeiterInnen. Er betreibt flächendeckend im Kreisgebiet den Rettungsdienst, einen großen Bereich „Essen auf Rädern", und mehrere Sozialstationen. Der große ehrenamtliche Bereich wird durch einen hauptamtlichen Mitarbeiter in der Geschäftsstelle unterstützt.

Lothar kann in seiner Zeit als Geschäftsführer nur wenig bewegen. Er strukturiert die Haushaltsführung so um dass die Tätigkeitsfelder buchhalterisch fortan als Einzelfirmen geführt werden. Mit dem Wunsch nach der Gründung mehrerer GmbH´s für die einzelnen Tätigkeitsfelder kann er sich beim Vorstand nicht durchsetzen. Auch kann er sich mit dem Wunsch nach Einführung des „Rendezvoussystems" für den Rettungsdienst, bislang fährt ein Notarztwagen vom „Kreiskrankenhaus Groß-Gerau" in das gesamte Kreisgebiet zu Notfällen, beim Vorstand nicht durchsetzen. Wenigstens Lothars Gehalt „stimmt". Er erhält anfangs für einige Wochen die Vergütungsgruppe BAT II a, danach wird er auf Anordnung der ersten Vorsitzenden fortan in die Vergütungsgruppe BAT I a eingestuft, die er bis zuletzt erhält, denn zum 31. August 1992 endet Lothars Arbeitsverhältnis durch Auflösungsvertrag, es gibt mit Teilen des Vorstandes Auseinandersetzungen und Lothar verlässt den „DRK Kreisverband Groß-Gerau" „ehrenhaft" mit einer Abfindung.

Im Juni 1992 fährt Lothar mit Harry, dem jüngeren Bruder von Thomas aus Borken, noch einmal für zwei Wochen in Urlaub, sie bleiben eine Woche in Piding in Oberbayern und treffen dort auch Johanna nach ihrer Operation, dann fliegen sie von München noch eine Woche zum Kosta auf Korfu, sie treffen dort auf die „üblichen Verdächtigen".

Ab 01. September 1992 beginnt Lothar als Intensivpfleger auf der Intensivstation im „Kreiskrankenhaus Berchtesgaden". Er hat inzwischen den Motorradführerschein und fährt eine „Yamaha Virago 535". Er nimmt nur einen Rucksack und einen gefüllten Tankrucksack voll Gepäck mit. Johanna wohnt weiterhin in der Dienstwohnung in Gernsheim. Ihr kann nicht gekündigt werden weil sie krank ist.

Das Team auf der Intensivstation in Berchtesgaden ist Lothar gegenüber, eigentlich von

Anfang an, feindselig eingestellt. Auch die Ärzte beobachten ihn mit Argwohn. Zeitweilig versuchen einige KollegInnen sogar über die Pflegedienstleitung, dass Lothar während der Probezeit gekündigt wird, was die Pflegedienstleitung aber kategorisch ablehnt. Lothar kann jedoch nach einigen Monaten einige KollegInnen, und auch alle Ärzte die seine Arbeit sehr schätzen, für sich gewinnen, und das ist sein Durchbruch, die wenigen verbleibenden intriganten KollegInnen sind jetzt blamiert und komplett isoliert.

Lothar geht in Berchtesgaden, wenn er freies Wochenende hat, regelmäßig ins „Kuckucksnest" zum Bodo, eine „progressive" Kneipe in der auch Bands spielen. Ansonsten geht er in die einheimische Gastronomie zum Essen und steigt gelegentlich auch auf die umliegenden Berge soweit es ihm seine Kondition erlaubt.

Zum 31. März 1993 kündigt Lothar seine Stelle in Berchtesgaden. Er fängt am 01. April 1993, als Projektleiter im „Wohnprojekt Hansapark" in München, beim „Hauspflegeverein München" an.

Johanna hat inzwischen eine schöne Wohnung für sie in München-Waldperlach gefunden und an einem Wochenende, Ende März 1993, ziehen sie unter Mithilfe von Freunden dorthin von Gernsheim aus um.

Lothar hat im April 1993 einen schweren Motorradunfall. Sein rechter Fuß ist mehrfach gebrochen und er wird im „Universitätsklinikum rechts der Isar" zwei Mal operiert. Lothar ist danach für mehrere Monate krankgeschrieben und muss sein Arbeitsverhältnis mit dem „Hauspflegeverein München" während der Probezeit auflösen.

Im Sommer kommt Berthold mit Freunden zu Besuch und im September, zum Oktoberfest, Harry.

Lothar bewirbt sich im August 1993 auf eine Stelle als „Dozent", beim Bundesamt für den Zivildienst, an der Zivildienstschule Geretsried. Er wird zum Bewerbungsgespräch eingeladen und erhält wenig später den Bescheid dass er die Vollzeitstelle bekommen hat. Die Stelle ist mit BAT II a dotiert.

Lothar lässt sich von seiner Hausärztin im Herbst für zwei Wochen ins „Krankenhaus für Naturheilweisen" in München einweisen, um wieder „fit" zu werden.

Am 01. Dezember 1993 beginnt Lothar als „Dozent" in der Zivildienstschule in Geretsried. Das Bundesamt für Zivildienst führt in seinen bundesweit verteilten Zivildienstschulen 4-wöchige Kurse für Zivildienstleistende durch. Die Zivildienstleistenden kommen nicht freiwillig sondern sie werden zu diesen Kursen abgeordnet. Entsprechend mies kann am Anfang dieser Kurse die Stimmung unter den Zivildienstleistenden sein. Es liegt daher an den DozentInnen die Stimmung im Kurs zu heben und die Zivildienstleistenden vom „Sinn" der Kurse zu überzeugen. Schwerpunkt dieser Kurse ist die „Politische Bildung", die an zwei oder drei Kurstagen angeboten wird. Weitere Themen sind zum Beispiel Rechte und Pflichten, Geld- und Sachbezüge, „Kommunikation und Interaktion", „Krankheitsbilder", eine Rollstuhlselbsterfahrung in München, pflegespezifische Themen, u.a. Weitere Kursinhalte sind fachspezifische Themen für die teilweise auch Gastdozenten eingesetzt werden.

Lothar arbeitet sich schnell ein und kann schon bald eigene Kurse übernehmen.

Ein Dozent ist nichts anderes als ein Lehrer. Es fehlen an Zivildienstschulen die Noten, da keine Prüfungen abgehalten werden, und die Eltern. Ein Dozent ist ein Geschichtenerzähler. Sind seine Geschichten gut genießt er das Wohlwollen der Zivildienstleistenden, wobei besonders wichtig die Form der Kommunikation und ihre fortwährende Beteiligung an den Lernprozessen sind.

Lothar ist ein guter Geschichtenerzähler und es gelingt ihm bei Allem was er in seinen Kursen anbietet die Zivildienstleistenden umfangreich zu beteiligen. Seine Kurse sind beliebt. Es gibt sogar Zivildienstleistende die nach ihrem Kurs lobende Briefe über Lothar nach Köln zum Bundesamt für Zivildienst schreiben.

Die Zivildienstschule Geretsried wird bis Ende 1994 noch von einer privaten Gesellschaft betrieben und die DozentInnen sind bei ihr angestellt. Erst ab 01. Januar 1995 wechselt die Form der Anstellung der Dozentinnen und sie sind jetzt „staatlich", wie vorher schon der Schulleiter und die MitarbeiterInnen der Schulverwaltung, beim Bundesamt für Zivildienst beschäftigt.

Johanna wird öfter als Gastdozentin eingesetzt und sie kann sich so auch ein bisschen Geld nebenbei verdienen.

Lothar fährt wieder ein Zweirad, einen 200-ter Vespa Roller und ab Mai zusätzlich auch noch eine gebrauchte 450-ger Kawasaki.

Ab 01. April 1994 wohnen Johanna und Lothar nicht mehr in München. Johanna hat über eine Zeitungsannonce in der Nähe von Traunstein einen kleinen Bauernhof, das „Weberhäusl", zur Miete, gefunden. Das „Weberhäusl" liegt oben auf dem „Wonneberg", so heißt auch die gleichnamige Gemeinde, mit Alpenpanoramablick an seiner Süd- und Westseite. Vor dem „Weberhäusl", ostseitig, ist eine kleine Streuobstwiese, auf der im frühen Frühling die Frühlingsknotenblumen blühen. Auf der Streuobstwiese stehen alte Zwetschgenbäume und ein riesiger alter Birnbaum. Im Frühjahr, wenn die Bäume blühen, blüht auf den ums Haus liegenden riesigen nicht eingezäunten Wiesen auch flächendeckend der Löwenzahn. Dann scheint die Sonne, es blüht, es duftet, du sitzt auf der Südseite des „Weberhäusls" draußen, und die leuchtenden Farben spielen mit dem Panoramafernblick Fangen.

Seit Johanna und Lothar im „Weberhäusl" wohnen haben sie viel Besuch. Etliche bleiben auch für mehrere Tage. Auch einige von Lothars ArbeitskollegInnen kommen. Der Schulleiter besucht sie ab Sommer 1994 regelmäßig mit seiner Familie für mehrere Tage mit einem großen Wohnmobil.

Im Frühsommer 1994 kommt Harry mit einer Freundin zu Besuch. Sie bleiben nur zwei Tage. Harry wird Lothar das nächste Mal mit Frau und Sohn im Sommer 2011 in Kirchanschöring besuchen und danach 2019 viel zu früh versterben.

Theo kommt im Sommer mit einem Wohnmobil zu Besuch. Er bleibt eine Woche. Danach werden sich Lothar und Theo nie mehr sehen.

Im Frühjahr und im Sommer 1995 kommen auch Stefan und Gisela für einige Tage zu Besuch. Sie haben inzwischen zwei Kinder und die Stimmung zwischen Gisela und Stefan wirkt manchmal etwas „angespannt". Es ist das letzte Mal das Johanna und Lothar Gisela und Stefan sehen. Der Kontakt reißt danach ab.

Auch Berthold kommt mit seinem Motorrad und seinen Biker Freunden einige Male für mehrere Tage ins „Weberhäusl" zu Besuch.

Lothar hat inzwischen zwei Motorräder, eine „Kawasaki VN 15" und eine „Cagiva 600" Enduro. Er fährt viel mit den Motorrädern. Als Auto fährt er ab 1995 einen alten gelben Post Golf Diesel und Johanna fährt einen „Fiat Punto".

Im Herbst 1994 macht Lothar eine 120-stündige Fortbildung mit Abschussprüfung, er besteht die

Prüfung mit der Gesamtnote „Befriedigend", zum „Ausbilder Rettungsdienst" beim „Marburger Krankenpflegeteam". Danach wird er vom Regierungspräsidenten in Darmstadt als „Lehrrettungsassistent" anerkannt.

Im Frühjahr 1995 holen sich Johanna und Lothar aus dem Tierheim in Raitenhaslach einen jungen weiblichen Hund. Sie nennen ihn „Troll".
Lothars Kurse kommen bei den Zivildienstleistenden sehr gut an. Er veranstaltet auch verschiedene Exkursionen.

Im Juni 1995 kommen Lothars Eltern für eine Woche ins „Weberhäusl" zu Besuch. Lothar hat sich, obwohl er einen vierwöchigen Kurs durchführen muss extra eine Woche frei genommen. Er kann die Tage während der einen Woche mit GastdozentInnen besetzen. Lothar macht mit seinen Eltern verschiedene Ausflüge. Obwohl sich Johanna und Lothar alle Mühe geben wird sein Vater nach der einen Woche, als er wieder zu Hause ist, zu Lothars Mutter sagen dass ihm die Woche bei Lothar und Johanna nicht gefallen hat, das sagt seine Mutter zu Lothar nach der einen Woche während eines Telefonats. Mit seinem Vater spricht Lothar ab diesem Zeitpunkt nicht mehr. Er wird ihn auch nicht mehr lebend sehen. Im Juli 1999 stirbt Lothars Vater und Lothar kommt nach Rhede zu seiner Mutter um den Vater zu beerdigen. Er lässt den Sarg zuschrauben. Er möchte ihn nicht nochmal sehen.

Ab Frühjahr 1996 hat Lothar Bienenstöcke und betreibt nebenbei eine Imkerei. Er hat später Bienenstöcke in der Tenne des „Weberhäusls", in einem Bienenhaus in Wernleiten/Siegsdorf, und in der „Ökologischen Akademie" in Linden, wo er auch Tageskurse über Bienen abhält. Seine verschiedenen Honigsorten werden allgemein sehr geschätzt.

Im Juni 1996 fahren Lothar und Johanna zum ersten Mal mit „Erde und Wind", mit Herbert Grabe, zum Bergwandern in die Abruzzen. Die Wanderreise ist mit Halbpension und sie sehen viel von den Abruzzen Nationalparks und übernachten in urigen Hotels, die Abendessen mit ausgezeichnetem Wein finden, wenn nicht in den Hotels, in ausgesucht guten Restaurants statt. Lothar wird bis 2004 fast jedes Jahr mitreisen, Johanna sogar noch viel länger.

Berthold kommt mindestens einmal jedes Jahr ins „Webehäusl" mit dem Motorrad zu Besuch.

Juli 1999. Lothars Vater ist tot. Seine Mutter hat ihn erst angerufen als er bereits gestorben war. Nach der Beerdigung gibt seine Mutter ihm 40 Goldmünzen, je eine Feinunze, die mit den Worten seines Vaters gesprochen „der Lothar haben soll". Nun haben ja Lothars Eltern sein Studium nicht bezahlt, und dann erhält er diese 40 Münzen mit damaligem Wert von 16 800.- DM. Auf dem gemeinsamen Konto seiner Eltern ist auch noch Geld, und dann nimmt der Lothar das Geld und die Münzen als Anzahlung und kauft für seine Mutter im oberbayerischen Kirchanschöring eine schöne Eigentumswohnung, und seine Mutter zieht dort am 01. November 1999 ein. Die Wohnung kostet 214000.- DM mit allen Nebenkosten(Notar, Steuer, usw.), es ist also noch einiges bei der Bank abzuzahlen. Lothar hat bei der Bank für die Wohnung einen Kredit für 6% Zinsen erhalten und steht im Grundbuch. Seine Mutter fühlt sich dort auf Anhieb wohl.

Im März 2000 erleidet Lothar auf der Autobahn in der Nähe von Bad Aibling einen schweren Herzanfall, er schafft es mit dem Auto aber noch bis ins Kreiskrankenhaus Bad Aibling. Er muss dort mehrere Tage bleiben.

Im April 2000 fahren Johanna, Lothar, seine Mutter, und der Hund für mehrere Tage nach Piran an die Adria. Der Frühling dort tut allen gut.

Lothar absolviert seit dem Sommersemester 1996 ein Doktoratsstudium an der „Paris Lodron Universität Salzburg". Er ist in allen Fächern die er abgeschlossen hat mit „Sehr gut" zensiert und die Doktorarbeit ist nahezu fertiggestellt. Da sagt dann seine Mutter in Piran zu ihm sein Vater hat kurz vor seinem Tod geschimpft: „Der Doktor hätte eigentlich mir zugestanden und nicht dem". Lothar gibt daraufhin sein Doktoratsstudium auf. Er braucht keinen Doktor für sein Wohlergehen.

Im Juli 2000 befällt Lothar eine schwere Depression. Er muss für acht Wochen in die „Klinik Roseneck" in Prien. Die Dämonen haben sich erhoben. Nach dem Klinikaufenthalt ist er zwar einigermaßen wiederhergestellt, aber er ist „innerlich" nicht mehr „der Alte".

Lothar macht weiter relativ erfolgreich seine Arbeit als Dozent. Die Zivis sind mit seinem Unterricht zufrieden.

Im August 2001 hat Lothar einen Rückfall. Er wird für sechs Wochen krankgeschrieben und geht danach wieder arbeiten.

Lothar bringt im Spätsommer 2001 alle Bienenstöcke unter Mithilfe von Freunden von Linden und vom „Weberhäusl" zu seinem Bienenhaus in Wernleiten/Siegsdorf. Die meisten Bienenstöcke muss er draußen aufstellen. Im Sommer 2002 zerstört ein „Jahrhunderthochwasser" der „Traun" Lothars gesamte Imkerei.

Im Herbst 2001 kauft Lothar ein altes Haus in Traunstein. Er zieht dort am 01. November 2001 ein. Johanna zieht nicht mit. Die Beziehung ist damit, faktisch, beendet, sie bleiben aber noch Freunde.

In den Jahren 2002 bis 2006 hat Lothar zwei Freundinnen, die Beziehungen enden aber „eher unerfreulich".

Im Sommer 2004 muss Lothar wieder für mehrere Wochen in die Psychiatrie, ins „Bezirksklinikum Gabersee": Depression.

Im Dezember 2003 eröffnet Lothar, nebenbei, einen „Ambulanten Pflegedienst". Er hat von den Krankenkassen eine Gebietszulassung für den Kreis Traunstein und darüber hinaus bis an die Stadtgrenze von Rosenheim. Lothar muss hauptamtliches Pflegepersonal, Krankenpfleger und Altenpfleger, einstellen. Am Anfang haben sie zu wenig Pflegebedürftige, die Situation bessert sich zwar Anfang 2005 deutlich, da ist es aber schon zu spät, er muss zum Ende April 2005 alle hauptamtlichen MitarbeiterInnen entlassen weil ihm seine Hausbank den Geldhahn zugedreht hat. Übrig bleiben die Johanna die auf 450.- Eurobasis arbeitet und eine weitere Mitarbeiterin die ebenfalls auf 450.- Eurobasis den Haushalt bei zwei Alkoholikern weiterversorgt. Im Oktober 2005 stellt Lothar dann Insolvenzantrag. Da Lothar keine GmbH hat sondern selbsthaftend ist, ist dies Verfahren eine Privatinsolvenz. Das Insolvenzverfahren über Lothars Vermögen wird am 01. Februar 2006 eröffnet. MitarbeiterInnen hat Lothar jetzt keine mehr. „Haus und Hof" kommen unter den Hammer, alles.

Lothars Mutter muss im Sommer 2006 aus der Eigentumswohnung in Kirchanschöring ausziehen. Die Bank hat sie unter Druck gesetzt. Sie sucht sich in Kirchanschöring eine möblierte Mietwohnung und verkauft ihre Möbel.

Lothar hat im Herbst 2003 dem Schulleiter einen „bösen Brief" geschrieben und den hat der Schulleiter an die Personalchefin im „Bundesamt für den Zivildienst" in Köln weitergeleitet, und Lothar erhält daraufhin von ihr eine Abmahnung die in die Personalakte aufgenommen wird, weil er angeblich den Arbeitgeber genötigt hat. Lothar zieht nicht vors Arbeitsgericht obwohl er den Prozess gewinnen würde, weil ihm das alles zu blöd ist. Er muss ab diesem Zeitpunkt einmal jährlich nach Köln reisen und muss sich von der Personalchefin „ermahnen" lassen. Nach einer solchen Reise im März 2007, die örtliche Personalrätin aus der „Zivildienstschule Geretsried" reist auch mit, sie fliegen mit dem Flugzeug von München nach Köln, lässt sich Lothar unbefristet krankschreiben und geht, nach entsprechenden von der Rentenversicherung veranlassten Gutachten, am 01. Oktober 2007 zuerst für eineinhalb Jahre befristet, ab 01. April 2009 unbefristet, in die vollständige Erwerbsminderungsrente. Das wars.

Lothars Immobilien werden Anfang 2008 versteigert bzw. verkauft und Lothar zieht zu seiner Mutter in Kirchanschöring, sie hat ihm das Angebot gemacht.

Lothar fährt mit seinem alten „Renault Twingo" im Herbst 2007 und im April 2008 mit seiner Mutter jeweils für eine Woche nach Südtirol. Die Urlaube verlaufen sehr harmonisch.

Im Juli 2009 wird Lothar nach einem Kneipenbesuch in Traunstein, er will mit seinem „Renault Twingo" morgens um Drei nach Kirchanschöring fahren, der Führerschein entzogen. 2,03 Promille. Lothar trinkt in dieser Zeit viel zu viel. Lothar wird wegen „Trunkenheit im Verkehr" verurteilt, er erhält eine hohe Geldbuße und zwölf

Monate Führerscheinentzug. Danach erhält er vom Straßenverkehrsamt des Kreises Traunstein die Auflage eine erfolgreiche MPU vorzuweisen, wenn er den Führerschein neu erteilt bekommen möchte. Lothar wird neun Jahre keinen Führerschein mehr haben bis er sich endlich entschließt überhaupt keinen Alkohol mehr zu trinken, und dann besteht er im Oktober 2018 eine MPU beim TÜV in Suhl auf Anhieb, und danach erhält er vom Straßenverkehrsamt des Kreises Hildburghausen im November 2018 seinen Führerschein mit 64 Jahren zurück.

Im Mai 2013 gewinnt Lothars Mutter beim PS-Sparen der Raiffeisenbank in Kirchanschöring einen Mercedes. Lothar verkauft das Auto für 25000.-Euro an einen Autohändler in Frankfurt. Mit dem Geld kaufen sie sich ein kleines altes Haus in Themar. Themar ist eine Kleinstadt in Südthüringen. Das Haus ist teilmöbliert und bewohnbar und sie ziehen am 01. November 2013 ein. Im April 2014 wird Lothars Mutter „verrückt". Sie hört Stimmen und muss ab diesem Zeitpunkt 2014 mehrmals für mehrere Wochen in das psychiatrische Krankenhaus in Hildburghausen. Sie zieht im Frühjahr 2015 in eine kleine Wohnung im „Betreuten Wohnen" der „Volkssolidarität" in Themar. Im Januar 2018 kommt sie ins Altenheim der „Volkssolidarität" in Themar.

Lothar muss sich mit einer schweren Depression im Sommer 2015 und im Spätsommer 2017 mehrwöchig in stationäre Behandlung begeben.

Sein Freund Berthold besucht Lothar zwei Mal in Themar.

Lothar wohnt seit Frühjahr 2015 alleine in dem kleinen Haus in Themar. Er hat keine Freundin und wenig Kontakt zur „einheimischen" Bevölkerung. Ein Freund in Themar ist der Andreas, der ehemalige Kneipenwirt der Gaststätte „Krone" in Themar.

Seit Ende 2018 fährt Lothar einen zwanzig Jahre alten „Fiat Punto" und seit März 2019 auch noch einen 125-ger Motorroller(Nova Motors).

Ab April, wenn es wärmer wird, sitzt Lothar oft an der Bar im „Kanureich" in Henfstädt und trinkt seinen Kaffee.

Lothar hat noch ein weiteres Haus in Fehrenbach, im Thüringer Wald, und dahinter mit einem schönen großen Hanggrundstück. Dorthin fährt Lothar, wenn es warm ist, dann oft mit seinem Motorroller.

Gelegentlich telefoniert Lothar noch mit Johanna und mit Berthold.

„Zwei schliefen ein

Zwei schliefen ein
fast jede Nacht
einer träumte vom Schmutz
einer träumte von Asien

besuchten einen Zeppelin
besuchten Nijinski
Zwei schliefen ein
einer träumte von Rippen
einer träumte von Senatoren
Zwei schliefen ein
zwei Reisende
Die lange Ehe
in der Dunkelheit
Der Schlaf war alt
die Reisenden waren alt
einer träumte von Orangen
einer träumte von Karthago
Zwei schlafende Freunde
Jahre des Reisens
Gute Nacht mein Liebling
wenn die Träume adieu winkten
einer reiste mit leichtem Gepäck
einer ging durchs Wasser
besuchten ein Schachspiel
besuchten eine Bude
kamen immer zurück
um den Tag zu durchwarten
Einer trug Zündhölzer bei sich
einer erkletterte einen Bienenstock
einer verkaufte einen Kopfhörer
einer erschoß einen Deutschen
Zwei schliefen ein
wanderten in jedem Schlaf
zusammen fort

von einem Operationstisch
einer träumte von Gras
einer träumte von Sprossen
einer feilschte geschickt
einer war ein Schneemann
einer hielt's mit der Medizin
einer probierte Bleistifte
einer war ein Kind
einer war ein Verräter
besuchten die Schwerindustrie
besuchten die Familie
Zwei schliefen ein
keiner konnte es sagen
einer ging mit Körben
einer nahm ein Hauptbuch mit
eine Nacht glücklich
eine Nacht in Schrecken
Liebe konnte sie nicht fesseln
Auch Furcht konnte es nicht
sie gingen getrennt
wußten nie wohin
kamen immer zurück
um den Tag zu durchwarten
trennten sich küssend
trennten sich gähnend
besuchten den Tod bis
sie zu lange blieben
besuchten den Tod bis
die richtige Maske wirkte"

(Leonard Cohen: Gedichte/Lieder, Blumen für Hitler, Frankfurt am Main, 1971, S. 187 f.)